修复生者

Réparer les vivants

Maylis de Kerangal　〔法〕梅丽丝·德·盖兰嘉尔 著　安宁 译

人民文学出版社
PEOPLE'S LITERATURE PUBLISHING HOUSE

著作权合同登记号　图字 01-2019-4180

图书在版编目(CIP)数据

修复生者/(法)梅丽丝·德·盖兰嘉尔著;安宁译.
—北京:人民文学出版社,2019
(当代法语获奖小说)
ISBN 978-7-02-015307-7

Ⅰ.①修…　Ⅱ.①梅…②安…　Ⅲ.①长篇小说-法国-
现代　Ⅳ.①I565.45

中国版本图书馆 CIP 数据核字(2019)第 115582 号

责任编辑　**朱卫净　何炜宏**
装帧设计　**高静芳**

出版发行　**人民文学出版社**
社　　址　**北京市朝内大街 166 号**
邮　　编　**100705**
网　　址　**http://www.rw-cn.com**

印　　刷　**莱芜市圣龙印务有限责任公司**
经　　销　**全国新华书店等**

字　　数　**120 千字**
开　　本　**889×1194 毫米　1/32**
印　　张　**6.75**
插　　页　**2**
版　　次　**2019 年 9 月北京第 1 版**
印　　次　**2019 年 9 月第 1 次印刷**

书　　号　**978-7-02-015307-7**
定　　价　**39.00 元**

“我心盈满。”

《伽马射线效应》

保罗·纽曼，1973

西蒙·兰博尔的心是怎样的呢？这颗人类的心，从他一出生便开始加速跳动，与此同时周围其他的心脏也为迎接他的到来加速跳动，这是一颗怎样的心呢？是什么让它跳跃、呕吐、难过、如羽毛般轻盈飞舞或像石头般沉重地堵在胸前，是什么让它迷醉、让它融化——爱情；西蒙·兰博尔的心是怎样的呢？它都过滤、记录、储存了些什么？这个二十岁人体的黑匣子，没人能够准确地知道，只有超声检查获得的动态造影能够反映它的回声，呈现出快乐的膨胀和悲伤的收缩，只有从他生命开端延展的心电图曲线可以显示它的健康状况，描述它的消耗和负荷、陡然加剧的激情、挥霍的能量，这些能量让它能够每日收缩近十万次，每分钟令五公升血液在体内循环，是的，只有这条线能够提供一个记述，勾勒生命，流入流出的生命，阀门与心瓣的生命，迸压爆排的生命，当西蒙·兰博尔的心，这颗人类的心，逃过机器的监控，没人能确信知道它的动向，在这个夜晚，这个没有星光的夜晚，当河口湾和克欧地区①的天冷得足以将石头冻裂，当一波没有倒影的涌浪沿海崖翻滚，当这片大陆高地后退着，露出它的地质条纹，可以听到一个正在休息的器官、一个缓缓充血的肌肉规律的节奏——可能每分钟脉搏不到五十下——正在这时，床脚边一个手

① 克欧地区（Pays de Caux），属于巴黎盆地的一个诺曼底天然地区，南部以塞纳河为界，西侧和北侧是濒临英吉利海峡的阿尔巴特海岸。

机的闹铃启动了，声呐的回响，触摸屏上以小光柱组成 05:50 的数字，顷刻间一切都高速运转起来。

这天夜里，一辆面包车在空荡荡的停车场上踩了刹车，斜停了下来，两侧的前门砰砰两声响，平行滑开一条缝，三个人影从里面跃出，三个晦暗中的剪影，一股寒气向他们袭来——二月的冰冷，流鼻涕，和衣而睡——似乎是几个小伙子，他们将外套的拉锁一直拉到下巴，抓绒帽的边缘拽到眉毛上，上耳郭都套进帽子里，双手拢在嘴边哈着气，转身面向大海，而此时的大海还只是一些声响……声响与黑暗。

就是几个小伙子，现在看出来了。他们在停车场与海滩之间的矮墙后站成一排，猛跺着脚，剧烈呼吸，鼻腔因不停地流过寒冷的海盐气体而疼痛，他们探查着这个黑暗空间，除了惊涛拍岸的炸裂声，在最终的崩塌中激起的嘈杂以外没有别的节奏，他们窥视着面前怒吼的这一切，在这疯狂的咆哮中没有什么可看的，没有，也许除了那条泡沫状的白边，数十亿个射出的原子在磷闪的光晕中相互碰撞。刚下了面包车就被严冬痛击、被海洋的黑夜震慑，这三个男孩此刻重新镇静下来，调整视觉、听觉，评估他们即将面对的东西，涌浪[1]，用耳朵测量涌浪，推算其迸发指数、其深度系数，想起远海上形成的浪潮永远比最迅猛的舰船推进得还要快。

---

① 原文为英文：swell。

好了，其中一个男孩低声说，今天咱们要好好玩儿一把了，其他两人露出微笑，随后他们三人一起慢慢后退，鞋底耙着地面，像老虎般原地打转，他们抬头仰望，刺探村庄深处的夜空，黑夜还在悬崖的背景中密闭着，这时说话的男孩看了看表，还有一刻钟伙计们，他们回到了面包车里，等待海上的黎明。

克里斯托弗·阿尔巴、若安·罗谢和他，西蒙·兰博尔。闹铃一响，他们便推开被子，跳下床，去赴这个临近午夜互通短信商定的冲浪之约，一个中潮冲浪之约，这样的机会每年只有两三次——海潮强劲，涌浪规律，风力不强，而且冲浪点了无人烟。一条牛仔裤，一件羽绒服，他们连口饭也没吃便溜了出来，甚至没喝一杯奶，没吃一把麦片、一块面包，就站在他们的楼下（西蒙），在他们别墅的院门前（若安），等待那辆同样准时的面包车（克里斯托弗），而这些不顾母亲的催促、从没在周日午时以前起床的男孩，这些据称只知道在起居室的沙发和他们卧室的椅子之间往返的懒蛋，早上六点便在街上跺着脚，鞋带松开，带着口臭——在路灯下，西蒙·兰博尔观察自己嘴里呼出湿气的分崩离析，从火山口冒出的紧实白烟逐渐升起、变形，随后在大气中分散，直至消失，回忆起自己小时候喜欢假装抽烟，将伸直的食指和中指放在嘴唇前，深吸一口气，让两腮深陷，再像一个男人一样呼出一口气——这些“西班牙三绅士”，或者“大浪猎手”，或者克里斯、约翰和天空①，取个别名不是作为小名，而是作为他们

① 原文为英文：Chris，John，Sky。

的冲浪化名。因为有了一个别名就能让河口湾高中生化身世界级冲浪高手，以至于如果与此相反直呼他们的真名会令他们顷刻落入充满敌意的境地，冰冷的毛毛雨，柔弱的海浪，悬崖变为墙壁，街道在夜幕降临时变得空荡冷清，父母的责备，学习的压力，被独自丢在家里的女友的埋怨，这个在与客货两用车①的较量中再次落选的女友，永远无力与冲浪的魅力抗衡。

他们坐在客货两用车里——绝不说面包车，死也不说。脏兮兮的潮湿，布满座椅表面像砂纸一般打磨着屁股的沙粒，微咸的橡胶，潮滩和石蜡的臭气，叠放的冲浪板，一堆连体冲浪服——短款连体服或较厚的长款连帽连体服，手套，冲浪鞋，盒装蜡，脚绳。三个人肩并肩坐在前排车座上，在大腿间搓着手，发出猴子般的叫声，真他妈冷，这之后他们嚼了几个维生素燕麦棒——但可别都啃完了，得等到完事后才能一口气把所有燕麦棒全部吞下，等到自己被大海生吞以后——同饮了一瓶可乐，分吃了一管雀巢炼乳、几块佩皮托和霞慕尼（男孩子爱吃的又软又甜的饼干），最终还是禁不住从座椅下拾起了最新一期《冲浪会》，在仪表盘上摊开，三个脑袋挤在一起，面对在半明半暗中发亮的画报纸页，那光面纸仿佛是受到琥珀色防晒油和喜悦润泽的皮肤，曾被数千次翻阅的纸页又一次吸引着他们的目光，眼球脱出了眼眶，嘴巴发干：马维利克斯②的长浪，龙目岛③的定点起浪，夏威夷

① 原文为英文：van。

② 马维利克斯（Mavericks），美国加州一个著名的冲浪点。

③ 龙目岛（Pulau Lombok），小巽他群岛中的一个岛屿，属印度尼西亚西努沙登加拉省管辖。

的大白鲨浪，瓦努阿图的管浪，玛格丽特河[1]的峰浪。全球最好的海岸线都在这里展示冲浪的辉煌。他们用热切的食指戳点着那些照片，那里，那里，他们有一天会去的，也许就是明年夏天，三个人坐着客货两用车来一次传奇冲浪之旅，他们会去追逐地球有史以来最美的海浪，开着车寻找他们臆想的那个荒蛮隐秘的冲浪点，就像克里斯托弗·哥伦布曾臆想的美洲，只身守在等浪区[2]，不用排队，而他们期待的事物将最终涌现，这来自海洋深处的波涛，古老而圆满，美的化身，当运动与速度在一阵肾上腺素的激涌下将他们竖立在冲浪板上，当他们全身乃至睫毛梢都像珍珠般闪动着难以抑制的快乐，他们乘风破浪，重返陆地，回归冲浪者的部落，这群游民留着被海盐和永恒的夏日漂淡的头发，眨着浅色的眼睛，这些男孩、女孩只穿栀子花或木芙蓉花瓣图案的短裤、绿松石或血橙色 T 恤衫，脚上只有这些塑料人字拖，这些充溢着艳阳与自由之光的年轻人：乘着海洋的褶皱一直冲上岸边。

外面天色渐白，画报的纸页也随之被照亮，透露出上面蓝色的深浅渐变，其中纯净的钴蓝刺痛他们的眼睛，那些绿色如此浓烈，仿佛是用丙烯颜料画上去的，零星散布的冲浪尾流显现出来，巨大的水墙上留下的一条细小的白痕，三个男孩眨着眼睛，嘀咕着妈的，真可以，够疯狂，然后克里斯抽身看看自己的手机，屏幕发出的光将他的脸映成蓝色，从下方照亮，呈现出他面部的骨

① 玛格丽特河（Margaret River），位于西澳大利亚州西南区，珀斯以南 277 公里的一个城镇。

② 原文为英文：line up。

骼——眉弓隆起，下颌突出，嘴唇发紫——此时他高声念出当天的信息：小达尔①，今天②，西南 / 东北方向的理想涌浪，浪高一米五至一米八之间，年度最佳冲浪日；随后他顿一顿，郑重地宣布：我们要饱餐一顿了，是的③，我们将是王者④！——他们的法语中不时夹杂着英语，这些随时随地镶嵌的英语让他们仿佛生活在流行歌曲或是美剧中，好像他们都是英雄、外国人，这英语让某些沉重的词语变得轻盈，“生活”和“爱情”就此变成了 life 和 love，透气飘逸，而且英语也是一种羞怯的表达——约翰和天空点头表示完全同意，是的⑤，我们是大浪骑手⑥，我们是王者。

是时候了。晨光初现，景观在混沌中依稀成形：所有元素各就各位，海天分离，海平线已经可以轻易分辨。三个男孩着手准备，有条不紊地按照既定顺序操作，仿佛是在完成一个仪式：他们在滑板底部涂蜡，检查脚绳的连接，套上特殊的聚丙烯内衣，再穿上冲浪连体服，此时的他们在停车场上扭动着身躯——氯丁橡胶附着在皮肤上，产生刮擦感，有时甚至带来灼烧感——仿佛橡胶提线木偶的舞蹈，要求互相帮助，需要彼此碰触、摆弄对方的肢体和服装；接着是冲浪短靴、连颈帽、手套，然后关上面包车门。此刻，他们向大海走去，冲浪板夹在胳膊下，大跨步轻盈

① 小达尔（Petites Dalles），法国诺曼底的一个村镇。
② 原文为英文：today。
③ 原文为英文：yes。
④ 原文为英文：king。
⑤ 原文为英文：yeah。
⑥ 原文为英文：big wave rider。

地迈过海滩，海滩上的卵石在他们的脚下塌陷，发出嘈杂的响声，一到海岸线，一切都在他们面前明确显现，混沌与联欢，他们将脚绳套在脚踝上，重新调整连颈帽，拽着后背的那条带子将拉锁向上拉到头儿，使脖子周围裸露的肌肤被完全覆盖——为了让他们年少的皮肤得到最佳的密闭保护，这皮肤的后背上方肩胛骨处常常散布着青春痘，至于西蒙·兰博尔，则在肩角处带着一个毛利刺青——而这个动作，猛地将手臂举到空中，示意出发，出发①！—— 此刻或许他们的心脏兴奋起来，在胸廓中慢慢躁动，此刻或许它们的体积和容量都提高了，它们跳得更加剧烈了，同一跳动接连发出两下清晰的响声，这两击永远都是：恐惧与渴望。

他们进到水里。将身体潜入时没有喊叫，紧紧包裹在身上的这层柔韧薄膜保持着他们的体温和爆发力，虽然默不作声，但踩着滚动的石头穿过卵石区时脸上露出了痛苦的表情，地面下降很快，因为距离岸边五六米他们的脚就已经够不着地了，他们向前扑去，趴到他们的冲浪板上，胳膊用力切入水流，越过碎浪区，朝深海进发。

离岸两百米处，大海仅仅是一种波动的张力，它下陷、隆起，像床板上掀起的床单。西蒙·兰博尔融化在自己的动作中，他朝等浪区划去，冲浪者通常都在深海中的这个区域等待浪潮涌起，他用目光搜索到克里斯和约翰，二人都在他左侧，仿佛两个难以察觉的黑色小瓶塞在海面浮动。昏暗的海水带着大理石的花纹、血管的脉络，呈现锡灰色。仍旧没有亮点，毫无光芒，但这些白

① 原文为英文：let’s go。

色的分子像糖粉一般散布在水面上，水是冰冷的，不过九到十度。西蒙顶多能冲三四个浪，他知道，冷水冲浪会令机体极度疲惫，一个小时后他就没劲儿了，他必须作出选择，挑形状最完美的浪，浪峰要高而不尖，涡形卷幅要打开得足够宽，好让他能在里面找到容身之处，浪还要一直持续到终点，行程的结尾保持足够的力量让浪花在岸边翻腾冒泡。

正像他每次要向深海进发前喜欢的那样，他转身面向海岸：陆地就在那里，拉长的黑色地壳包裹在淡蓝的光晕中，那是另一个世界，一个他已脱离的世界。以弓形侧影矗立的悬崖向他展示着时间的沉积层，但他所在的地方已经不存在时间，已经没有历史，有的只是这载着他、旋转着的随机的水流。他的目光流连在那辆放在海滩前停车场、被装扮成加州客货两用车的车子上——认出它那布满贴纸的车身，那些贴纸都是从一次次冲浪会收集起来的，他知道贴在车身上的那一连串的品牌名字，里普·科尔①、奥克斯伯②、闪银③、奥尼尔④、比拉邦⑤，那令人眼花缭乱的壁饰以同样迷幻的起伏混杂着冲浪冠军和摇滚歌星，这一切再搭配上一群身着迷你比基尼、留着美人鱼头发、曲线迷人的女孩，这辆客

---

① 里普·科尔（Rip Curl），时尚户外用品制造商，发源地是澳洲冲浪文化的发祥地托基。

② 奥克斯伯（Oxbow），创立于1985年的法国服装配件品牌，今天成为法国冲浪者之家。

③ 闪银（Quiksilver），美国大型零售品牌公司，创立于澳大利亚托尔坎，是世界上最大的冲浪与滑板运动服饰用品公司之一。

④ 奥尼尔（O'Neill），美国加州冲浪配件品牌，后发展为出品各类体育运动产品的公司。

⑤ 比拉邦（Billabong），澳大利亚极限冲浪休闲品牌。

货两用车是他们共同的作品，是冲浪的等候大厅——随后他的眼神跟随一辆在高地上行使汽车的尾灯深入陆地，他眼前闪现出朱丽叶睡着的轮廓，蜷缩成一团躺在她那条小女孩的棉被里，连在熟睡时也带着她那固执的神情，这时他猛然转过头，背对大陆，将自己扯了回来，猛地一窜，又前进数十米，然后他便停止划水了。

胳膊放松但腿要指挥方向，双手抓住板缘，躯干微微抬起，下巴上扬，西蒙·兰博尔漂浮着。他在等待。他四周的一切都在上下波动，随着水面的每次回流，整块整块的海与天也不断涌现、消失，那缓慢、厚重、树皮样的水面犹如玄武岩的岩浆。刺眼的曙光炙烤着他的脸，他的皮肤紧绷，变硬的睫毛犹如塑胶线，他瞳孔后的晶状体仿佛被遗忘在冷柜底部似的结了霜，在低温作用下他的心跳开始放缓，陡然间他看见它过来了，他看着它前进，结实而匀称，海浪，约定，他本能地移动着好找到入口钻进去，就像一个盗贼钻进一个箱子好窃取里面的珍宝——都戴着连颈帽，都做着精确到毫米的动作——好进入浪卷背阴的一侧，进入这物质的扭曲中，里面比外面显得更加辽阔、更加深邃，它就在那里，三十米远的地方，以匀速靠近，突然间西蒙将能量集中在前臂上，纵身前冲，竭力划水，为了超速乘上运动的海浪，为了在浪卷斜坡中被托起，现在便是起乘①、极速运行的阶段，整个世界都全神贯注于飞快冲刺的阶段，在这转瞬即逝的时刻需要深吸一口气，屏住呼吸，将整个身体集中到一个行动中，赋予身体竖直推动力，

① 原文为英文（take off），指冲浪人的姿势从趴着变为站起的动作。

好让自己站在冲浪板上，双脚叉开，左脚在前，“正常”①，腿部弯曲，后背几乎与冲浪板平行，双臂打开以保持身体平衡，而这一秒无疑是西蒙最喜爱的，因为这一秒让他能够将自己生命的四分五裂的碎片汇集在一起，与所有元素和解，融入动态的自然中，而他一站在冲浪板上——估计此刻浪峰与浪谷之间的高度超过一米五——就展开空间，延长时间，直到行程终点耗尽大海每个原子的能量。让自己化身为汹涌澎湃，化身为滚滚浪涛。

他乘着这第一浪发出了一声吼叫，在此过程中触及某个极乐境界——那是一种水平的眩晕，他在世界的边缘，正如他起源于世界，他被吸纳到世界的潮流中——空间向他袭来，将他压倒后又将他释放，令他的肌肉纤维和支气管饱和，令他血液中充满氧气；浪卷以某种错乱的时间性展开，不知是快是慢，它一秒接一秒令时间暂停直到最终以水珠（这毫无意义的有机集群）散射，令人难以置信的是，在末尾翻滚的水花中被石头痛殴了一顿后，西蒙·兰博尔掉个头直接出发，连陆地都没碰一下，甚至没有看一眼海水拍打在陆地上（表面与表面撞击）时泡沫中形成的那些稍纵即逝的图案，他便返回海洋，更加用力地划水，冲向这道一切都由此开始、一切都在震荡摇摆的门槛，又回到了两个伙伴的身边，他们俩也即将在下滑时发出同样的吼叫，而这一系列的波浪从海平面向他们涌来，劫持了他们的身体，不给他们任何喘息的机会。

没有别的冲浪者来与他们会合，没有人靠近矮墙看他们冲浪，

① 原文为英文（regular），指左脚在前的冲浪者。右脚在前的称为“笨瓜”（goofy）。

没有人看见他们一个小时后走出水面，精疲力竭，形同槁木，双腿发抖，蹒跚地穿过海滩来到停车场、打开面包车门；没有人看见他们受到重创后连指甲里都泛着青紫色的手脚，也没有人看见他们脸上脱的皮正在将他们的脸庞撕碎，他们嘴角的皲裂，他们的牙齿哒哒哒地敲打着，上下颌不断的冷战与他们身体颤抖的节奏吻合，怎么也停不下来；没有人看见什么，当他们重新穿好衣服、毛线短衬裤加长裤、几层套头毛衣、皮手套，没有人看见他们互相搓着背，除了“真他妈的、我操”以外说不出别的什么了，但他们其实很想好好聊聊，讲讲他们刚刚乘过的浪，将他们的冲浪传奇写入史册。他们寒毛直竖，将自己关在客货两用车里，克里斯托弗等也不等便打起精神点着了发动机，汽车启动，他们离场了。

开车的是克里斯托弗——总是他来驾驶，这辆客货两用车是他父亲的，若安和西蒙都没有驾照。从小达尔到勒阿弗尔[①]需要一个小时左右，从埃特雷塔[②]上那条进入海湾的老公路，途径奥克特维尔–苏尔–梅尔、伊纽瓦尔山谷和圣阿德莱斯。

小伙子们不再瑟瑟发抖了，客货两用车的暖气开到最大，音乐也是，驾驶室内涌起的热浪对他们来说很可能又是一次强烈的温差刺激，很可能他们感到疲惫了，他们打着哈欠轻轻扭动着，寻找靠着椅背最舒服的姿势，被汽车的颠簸震颤包裹着，鼻子藏在围脖里，很可能他们开始变得迟钝了，眼皮不时闭上，很可能过了埃特雷塔后克里斯托弗不知不觉地加了速，肩膀垂下，双手沉沉地压在方向盘上，公路变成了一条直线，对，很可能他告诉自己好了，路上没车，很可能缩短回程好马上瘫倒在家中的床上、将这一早冲浪的反作用力和暴力统统排解出来的欲望最终影响到了车速，以至于他丧失了警惕性，穿过高地和黑色的田野，翻犁过的田野也在沉睡，很可能这条国道的远景——一个从挡风玻璃插向前方的箭头，就像某个电脑游戏的屏幕——最终像个海市蜃

---

① 勒阿弗尔（Le Havre），法国北部诺曼底地区的第二大城市，位于塞纳河河口，濒临英吉利海峡，以其作为“巴黎外港”的重要的航运地位而著称。

② 埃特雷塔（Étretat），法国上诺曼地大区滨海塞纳省的一个市镇，属于勒阿弗尔区。

楼一般将他催眠了，以至于他目不转睛地紧盯着它而意识却已不再清醒，然而每个人都记得昨晚才霜冻，冬天仿佛蜡纸给大地铺上了一层纤膜，每个人都知道柏油路面结了一层薄冰，在晦暗的天色下看不见但已经将公路的边缘覆盖了，每个人都能想到那些在空中远远近近凝聚漂浮着的紧实雾霭，随着太阳升起从泥土中蒸发出来的水汽，将外界屏蔽的危险口袋抹掉了所有路况参照，好吧，就算是这样，那还有什么呢？一只野兽横穿公路？一头走失的牛，一条从栅栏下钻出来的狗，一只火尾狐狸，甚至一个幽灵般从路堤边闪出的人影，必须在最后一刻打个急转躲避？或者是一首歌？对，很可能是布满客货两用车车身的那些比基尼女郎突然间活了，爬上了发动机引擎盖，侵入挡风玻璃，妖娆妩媚，她们绿色的长发舒展她们非人的嗓音或是过于人性的嗓音，以至于克里斯托弗在她们的引诱下落入了陷阱，失去了理智，倾听这首不属于这个世界的歌、这首美人鱼的歌、这首要人命的歌？或者很可能克里斯托弗操作不当，对，就是这样，表现失常，就像网球选手把一个很容易的球打偏了，又像滑雪运动员搞错重心失去平衡，一个低级错误，很可能当公路出现转弯时他却没有转动方向盘，或者事实上，因为这个假设不提不行，很可能克里斯托弗开车的时候睡着了，脱离了沉闷的原野转而进入了一个浪卷，那个美妙的漩涡，突然间浅显易懂，可以看见它在自己冲浪板的前方飞驰，将世界和世界的蔚蓝色随它一同吸走。

救援人员大约在九点二十分到达的现场——医疗急救和宪兵队——事故现场的前后路段很快就摆放好警示牌，以便让车流从支线侧路绕行，并保护救援现场。工作的重点是要将被困在车辆中的三个男孩拉出，这三个身体此时与在引擎盖上的美人鱼女郎们混在一起，她们或微笑或龇牙咧嘴，相互挤压变形，七零八落的大腿、屁股和乳房碎块。

他们很快确定客货两用车超速行驶，其时速估计已达到九十二公里，比该路段规定时速高出二十二公里；他们还确定，出于未知原因，客货两用车行驶中向左侧偏移，没能回到路中央，而且也没有踩刹车——柏油路上没有轮胎印——于是它正面撞到了这根立柱上；他们发现该车辆款型过于陈旧，没装安全气囊，三名乘车人均坐在前排，其中只有坐在车门边的两人系了安全带，他们分别坐在驾驶一侧和乘客一侧；最后，他们断定第三个坐在座椅中央的人被强大的冲击力抛向前方，头部撞在挡风玻璃上，他们花了二十分钟才将人从变形的车身中抬出，急救人员到达时他没有知觉，心脏仍在跳动，他们找到他羽绒服兜里的食堂餐卡，据此确定他的名字是西蒙·兰博尔。

皮埃尔·雷佛尔这天早上八点到岗值班。他在停车场入口出示了自己的磁卡，昨天夜间转阴——天色苍白，隐约呈现斑鸠的浅灰，反正跟传说中壮美如画的海港云之舞相去甚远——他驱车慢慢穿过医院楼区，在布局复杂、或多或少相互连通的建筑之间拐来拐去，行进到他专用的停车位，车头先行停了进去，一辆汽油蓝的拉古那[①]，车龄不小但依旧舒适，车内有真皮座椅，音效优越，是出租车大亨们青睐的车型，他微笑着说；然后他走进医院，穿过玻璃墙围成的宽阔中堂直奔北厅，快步重返位于一层的外科重症监护和高压氧治疗部。

他用手掌推开门，穿过重症监护部的入口，在他经过以后门还继续空摆了一会儿，那些刚刚上完夜班、身穿白色或绿色大褂的男男女女，全都身心俱疲，头发蓬乱，动作生硬，眼睛闪亮，焦躁的苦笑显露在紧绷的面容上——手鼓的鼓皮——他们大笑着，或嘶哑地咳嗽着，发不出声，他们在楼道里碰见他，与他擦肩而过，或与此相反，远远看见他走来便瞟一眼自己的手表，咬着嘴唇想，好了，到点了，十分钟以后我就走人了，十分钟以后我就离开这儿了，而这一刻他们脸庞的线条松弛下来，肤色变得惨白，瞬间黑眼圈深陷，眨动的眼睛下面呈现出这些棕色的小勺。

① 拉古那（Laguna），雷诺汽车公司出品的一款三厢汽车。

雷佛尔迈着沉稳的步子匀速行进，路上答复了人们此刻就已经对他做出的手势，此刻就已经向他递过来的文件和这位此刻就已经赶上他的脚步向他请教的实习医生，尽管如此他没有偏离路线，径直走到了自己的办公室；在这扇普通的门前掏出钥匙，走进去，开始工作前的准备动作：将外套挂在门后的挂衣钩上——一件灰黄色风衣——套上他的白大褂，打开咖啡机、电脑，下意识地用手指敲击着铺满办公桌的无用文件，重新按类别分成几摞，挺直腰，上网分拣邮箱里的邮件，写了一两封回信——没有你好没有问候，只有缩写的语句，连标点都省了——然后站起身，深吸一口气。他精力充沛，感觉良好。

这是一个高个子男人，瘦削，含胸，肚子浑圆——孤独使然——长胳膊长腿，白色系带丽派朵鞋，他富有朝气的举止风度融合了某种灵活纤巧和不确定的东西，他的白大褂总是敞开着，这让他走起路来衣摆随风鼓起，像翅膀一般向两边展开，露出一条牛仔裤和一件同样也是白色且没有熨平的衬衣。

咖啡机底座上的小灯闪着红光，没有咖啡壶的电热板还在加热，散发着呛鼻的气味，玻璃壶里剩下的咖啡正慢慢变凉。小是小了点儿——满打满算也不过五六平方米——这个私人空间却是医院里稀有的特权，然而人们在看到里面的景象时还是不禁惊讶，这里竟如此凌乱、毫无个性，清洁度也差强人意：一把坐垫虽然过高也还舒适的转椅，办公桌上五花八门的表格聚集成堆，纸张、大小笔记本、被医药实验室装在带着商标的塑料袋里发送的广告圆珠笔，一瓶漏了气的圣培露①，和装在相框中的一张埃古阿勒峰②的风景照，作为杂物堆的休止符，以等边三角形的距离摆放着一个威尼斯的玻璃饰物、一只石头乌龟和一个笔筒，三者隐约透露出些许私人意向；房间里面靠墙的位置，一个金属搁架上放着按年份标记的档案匣和各种文件，一层厚厚的尘土和稀稀落落的几本书，靠近的话可以看到上面的书名：菲利普·阿里耶斯的《面对死亡的人》上下两卷，让·克洛德·阿梅森的《生命的雕塑》(可圈可点出版社的科学系列藏书)，一部玛格丽特·洛克撰写的（双色封皮上展示着一个大脑)《二度死亡：器官移植与重新发明死亡》，一九五九年的一期《神经学刊》和这本玛丽·希金斯·克拉克的悬疑小说《月光变成你》——雷佛尔很喜欢的一本书，我们后面就会知道为什么了。除此以外，没有窗子，荧光灯发出刺眼的光线，让凌晨三点房间里仍亮得像个厨房。

在医院内部，重症监护部是一个不同寻常的空间，这里用来接收与死亡交错的生命、密不透光的昏迷、已宣布的死亡，此地用来收容这些恰恰位于生死之间的身体。一个由楼道、病房、大厅组成并在悬念统治之下的领地。雷佛尔在这里成长变化，就在那个白昼世界、那个生活平稳持续的世界、那个在明亮中穿行朝未来计划进发的阳光世界的反面，他在这个疆域的凹缝、阴暗的皱褶、坑洞中工作，好像人们在一件大衣里干走私的勾当。正因

① 圣培露（San Pellegrino)，气泡矿泉水品牌。

② 埃古阿勒峰（Mont Aigoual)，位于法国的一座山峰，也是加尔省的最高峰。埃古阿勒峰是中央高原的一部分，地处策文涅斯国家公园境内。

如此，他喜欢值班，那些周日和夜晚，从实习开始就喜欢上值班——可以想象那时的雷佛尔，身材瘦长的年轻医生，光是值班这个理念就让他着迷，这种因需要被征调、坚守岗位、独立自主、以便在某一特定范围内保证医疗专业操作的持续性、头脑充满警醒、肩上担负责任的感觉。他喜爱值班那种蜂房一般的紧张度，那种特殊的时间性，疲劳就像逐渐在体内累积的隐秘兴奋剂，令机体的动作更快更精确，以及所有这种暧昧的性感；他喜爱值班时那微颤的寂静、那明暗的灯光——在隐约中闪着灯的医疗设备，泛着蓝光的电脑屏幕或办公桌上的台灯，好像拉·图尔[①]一幅画（比如《圣婴》）中的烛光，还有值班的这种实体形式，这种被包裹的气氛，这种密闭性，整个部门仿佛一艘驶向黑洞的宇宙飞船、一艘潜入无底深渊——马里亚纳海沟的潜水艇。然而，雷佛尔早就从中发掘了其他东西：对他存在最清晰的感知。这全然不是掌控权利的感觉或对宏大事物的推崇，恰恰相反：一种清醒的冲动调整着他的动作，过滤着他的决策。那是向体内注入的一剂冷静。

部门会议：工作交接。交班的两个组都到了，站成一圈，靠着墙，手里拿着塑料纸杯。领导前一班的临床主任是个三十多岁的男人，膀大腰圆，头发浓密，手臂肌肉发达。疲惫不堪的他容光焕发。他对部门原有病人的情况作了汇报——比如，这个八十岁男病人的情况没有明显变化，经过六十天的抢救监护仍然没有

① 拉·图尔（Georges de La Tour，1593—1652），法国巴洛克时代画家，生于法国洛林，以绘画烛光作为光源的晚景闻名，题材主要为宗教画和风俗画。

意识，同时两个月前因吸毒过量而入院的这个少女神经状况则有所恶化——随后又详细介绍了新入院的患者：一位五十七岁的妇女，无家可归，晚期肝硬化，在收容所出现痉挛后被送到医院，其血液动力学状况仍不稳定；一位四十多岁的男士，晚间因大面积心梗入院，带有脑水肿——他爱好慢跑，当时正在海滨林荫道上朝艾弗角方向跑步，脚上穿着高级跑鞋，头上围着一条橙色荧光束带，在木栅咖啡馆旁边瘫倒，尽管被包裹在保温被里，他入院时还是肤色青紫，大汗淋漓，面颊深陷。“他现在怎么样了？”雷佛尔背靠着窗子，以中性的口吻问道。一位女护士作了回答，明确指出该病人的所有生命参数（脉搏、血压、体温、血氧饱和度）都正常，泌尿量少，**VVP**（外周静脉导管）已经插好。雷佛尔不认识这个女护士，继续询问她患者的验血结果，她回答化验结果还没出来。雷佛尔看看手表：“好，大家可以走了。”开会的人就此散去。

刚才发言的那个女护士迟迟没有离开房间，她截住雷佛尔，向他伸出手：考尔德莉亚·乌尔，我是新调过来的，原来在手术室工作。雷佛尔点点头，好，欢迎您——如果他仔细看看她，会发现她的样子有些奇怪，目光炯炯但脖子上有几个印子，好像是几处吮痕，没涂口红嘴却很红，嘴唇肿胀，头发纠缠在一起，膝盖上青一块紫一块，他兴许好奇她这虚无缥缈的微笑从何而来，这蒙娜丽莎的微笑，就连她俯身为病人做眼部和嘴部护理时、插入气管插管时、检查体征参数时、给病人用药时，这微笑都不曾离开她，他可能最终猜到她前一夜与她的情人见面了，这个男人在消失了几个星期后又给她打了电话，这条没良心的狗，她空着肚子按时赴了约，美若天仙，打扮华丽得像个圣龛，烟熏眼，头发油亮，胸部热气腾腾，决意保持朋友距离，但她的表演技能顶多算中等，远远地轻声说你好吗？很高兴再见到你，而她全身上下却都散发着暧昧，潜藏着兴奋，如火炭一般，于是他们喝了一杯啤酒，接着又喝了两杯，试着聊点儿什么却聊不起来，这时她出去抽支烟，不停地对自己说我该走了，我这就得走，别胡闹了，但他此刻出来找到了她，对她说我不能待太久，我不想睡得太晚，欲擒故纵，然后他掏出打火机给她点烟，她用双手护住火焰，头稍稍侧倾，几个发卷从她面部滑落，有被火点着的危险，他不由自主地将发卷别到她的耳后，指尖掠过她的太阳穴，这动作如此不由自主以致瞬间她已无力反抗，膝盖发软，然而此情此景实在是很陈旧老套，咣，几秒钟后，两个人扑倒在附近的一个门廊下，被黑暗和劣酒的气味包围着，碰撞着周围的垃圾桶，呈现皮肤苍白的区域，大腿根从牛仔裤或丝袜里冒出来，撩起的衬衣下暴露了腹部，皮带松开时臀部隐约可见，所有的一切滚烫而又冰冷，他们让彼此猛烈的欲望相互撞击——是的，如果雷佛尔仔细看看她，他将在考尔德莉亚身上看到一个活力惊人的女孩，尽管刚结束一个不眠之夜就来值班，她却比他还有干劲儿，他将看到一个他可以依靠信赖的女孩。

我们要送个人过来。十点十二分的一通电话。语调平淡，言简意赅。男性，一米八三,七十公斤，二十来岁，车祸，颅脑受伤昏迷——我们知道这段总结说的是谁，我们知道他的名字：西蒙·兰博尔。电话刚刚打完，急救中心的人员就涌入医院的重症监护部，防火门一一打开，担架床沿着楼道中轴线快速推行，所到之处人们都向两侧散开。雷佛尔走了出来——他刚刚为昨夜收治的那位突发痉挛的女患者做了检查，对她的情况比较悲观：这位女士没有及时得到心脏复苏救护，扫描显示肝脏细胞在心跳停止后有坏死现象，表示大脑细胞也有损伤——有人通知他急救队到了，陡然间看到担架车朝楼道这头推来，他对自己说这个星期天值班任务可不轻。

急救队的医生跟在担架车后面。他有着登山队员的身形，秃顶，五十出头，干瘦的容貌犹如木柴，他高声通报时露出嘴里的尖牙：格拉斯哥 3①！然后他向雷佛尔详细介绍了情况：神经学检查显示患者对听觉（呼唤)、视觉（光）和触觉刺激没有自发反应；此外还有眼部功能紊乱（双眼运动不对称)，呼吸系统的植物性神经紊乱；我们直接插管了。他闭上眼从前额向枕骨捋着光头：

① 昏迷指数，是医学上评估病人昏迷程度的指标，现今用的最广的是格拉斯哥昏迷指数（Glasgow Coma Scale，GCS)。正常人的昏迷指数是满分 15 分，昏迷程度越重者的昏迷指数分越低，最低为 3 分。

怀疑因颅部受创导致脑出血，无反应昏迷，格拉斯哥3——他使用并分享这种语言，所有添枝加叶都被视为浪费时间，任何雄辩和口才都派不上用场，句子里充斥的是名词短语、代码和缩写，对于这种语言，说话首先意味着描述，也就是说介绍某个身体的情况，汇总某个状态的所有参数以便人们作出诊断、提出进行相应的化验检查、采取护理和抢救措施：简单扼要的力量。雷佛尔在心中记录下每条信息，打算进行全身扫描。

对西蒙进行入院护理的是考尔德莉亚·乌尔，她将这个青年安置在他寝室的床上，随后急救中心的人就可以带着他们的器械——担架车、急救呼吸机、氧气瓶——离开了。现在要做的是插入动脉导管，在胸部贴上几个电极，插入一个导尿，再启动标示西蒙所有生命体征参数的荧光屏——各种颜色、不同形状的线在这里呈现、叠加，直线或折线，带晕影的偏斜，有节奏的起伏：医学的莫尔斯电码。考尔德莉亚与雷佛尔共同操作，她的手法干净利落，动作流畅自如，她的身体似乎已经甩掉昨天还附在她手脚上的黏稠忧郁。

一小时后，死亡到来了，死亡现身了，轮廓不规则的运动斑点掩盖了一个更大、更清晰的形状，它来了，是死亡。这景象生硬得仿佛一记闷棍，但雷佛尔连眼皮都没眨一下，全神贯注地看着刚刚在他电脑屏幕上打开的全身扫描照片，像地图一样带着图例的影像迷宫，他将扫描照片向各个方向旋转，聚焦放大，找到参照系，测量距离，此时在他办公桌的手边放着一个带有医院徽标的硬纸板文件夹，里面装着造影部对西蒙·兰博尔的大脑扫描后提供的“有效”照片打印版——为了实现这些影像，他们用一束X光对这个年轻人的头扫了一遍，并根据名为“断层摄影术”的分析技术，分“层”输入数据，令人们可以在冠状平面、轴向平面、矢状平面或斜向平面的任何空间平面分析这些毫米厚度的“剖面”。雷佛尔看得懂这些图像、它们显示出扫描对象的状况以及对其演变趋势作出的预告，他认识这些形状、斑点、光晕，能够解释这些乳白色的亮圈，破译这些黑色印记，辨识图例和代码；他对比、查核，再重新开始，将他的调查进行到底，然而就是这样了，一切都已经清楚明了，可以下定论了：西蒙·兰博尔的大脑正在毁灭，它正被血液淹没。

弥漫性脑损伤，早发大面积脑水肿，而且没有什么方法可以控制已经过高的颅内压。雷佛尔仰头靠在座椅上。他的目光在办公桌上随意游走，叉开的手攥着下巴，他瞟了一眼桌上堆放的杂物，潦草的字条，行政通知，出自巴黎公立医院集团职业道德部的一篇有关“心脏停跳”器官摘取的文章复印件；他的目光在桌面上小摆设的上空盘旋，其中包括那只玉琢乌龟，那是一名患有重度哮喘的年轻女病人送给他的，雷佛尔的目光蓦然停驻在埃古阿勒峰溪流间起伏褶皱的紫色山坡上，他的眼前这时大概闪现出九月的那一天，回想起他在瓦勒罗盖的家里与那些仙人球初次邂逅的情景——马塞尔和萨丽驾着一辆祖母绿小轿车在傍晚时分到来，轮缘上沾着干泥巴的车子笨重地刹停在小村的院子里，萨丽从车窗挥着手：嗨，是我们！她雪白的发丝在车中飞舞，露出她的木质耳环，一对鲜红漆亮的樱桃；晚些时候，吃过饭，当夜幕降临在石灰岩高原上，明亮的星星如雨点般洒落下来，他们走出门来到花园里，马塞尔的手剥开牛皮纸，露出里面几个灰绿色的小仙人球，圆圆的，没有刺，三个朋友让它们在手掌上滚动，再闻闻它们苦涩的气味；这些果实都是远道而来，马塞尔和萨丽跑到墨西哥北部的一个矿山沙漠找到它们，又非法将它们偷运出来，小心翼翼地一直带到塞文山区，正在研究致幻植物的皮埃尔迫不及待地想要亲身体验一下：仙人球中含有多种烈性生物碱，其中占比三分之一的麦斯卡琳可以导致与记忆毫无关联、不知从何而来的幻视，印第安人在萨满教仪式中经常食用这种仙人球，由此产生的幻视在宗教习俗中扮演重要的角色；但除此以外，皮埃尔关注产生幻觉时出现的联觉：食用的初期阶段精神感觉应该变得更加强烈，他期待看见味道，看见气味、声音和触感，他希望感官感觉的影像能够帮助他理解甚至看透疼痛之谜。雷佛尔沉浸在这个星光熠熠夜晚的冥想中，那一夜山峦上的苍穹撕扯裂开，释放出意想不到的空间，他们躺在草地上，试着沉入那深渊中，他脑海中赫然闪现出一个扩张中的宇宙，永远变化着的宇宙，一个细胞死亡导致身体变形的空间，在那里死亡对生命的作用犹如寂静对声音、黑暗对光明或静止对动态的作用一样，一个转瞬即逝的直觉，然而当他的双眼盯着电脑屏幕，这个直觉却留在他的瞳孔上挥之不去，他那十六英寸、射出黑光的电脑长方形屏幕此刻宣告西蒙·兰博尔大脑已经停止所有精神活动。他感觉喉咙发紧，无法将这个少年的面容与死亡联系在一起。尽管他在这个领域摸爬滚打已经三十年了，他在这行已经混了三十个年头了。

皮埃尔·雷佛尔生于一九五九年。冷战，古巴革命胜利，瑞士女性在沃州的首次投票，戈达尔《筋疲力尽》开拍，威廉·巴勒斯《裸体午餐》的出版，还有迈尔斯·戴维斯的传奇作品《泛蓝调调》问世——迄今为止史上最伟大的爵士乐专辑，雷佛尔如此说道，他喜欢如此故弄玄虚，摆老资格。除了这些还有别的吗？有——他用一种超脱的口吻好营造某种效果，可以想象他说话的时候尽量不看对方，同时做着别的事，在兜里翻找东西，拨电话号码，阅读一条短信——这一年重新定义了死亡。此刻，当他看到周围人们的脸上露出震惊和恐惧的混合表情时心里十分满意。然后他抬起头，淡淡微笑着补充道：对于一个麻醉师兼重症监护师来说，这可不是件无足轻重的事。

事实上，一九五九年，与其身为这个带着外省参议员的三下巴、裹在一件复杂系扣兜兜裤里的平静婴儿，与其三分之二的时间躺在一只铺着方格布的浅色柳条小摇篮里睡觉，雷佛尔对自己说他倒宁愿身在那个大厅里，在那间举办第二十三届国际神经学大会的会议厅里，那天莫里斯·古隆和皮埃尔·莫拉雷登上讲坛宣告他们的研究成果；雷佛尔愿意出高价一睹他们二人面对整个医学界，换句话说面对全世界的样子，这两个男人，一个神经学家，一个传染病学家，一个四十多岁，一个六十多岁，深色西服，黑亮皮鞋，蝴蝶领结；他非常想观察他们之间关系的自然流露，由年龄差异生发的相互尊重，如此建立的某种沉默的等级在学术会议中随处可见，亲爱的同仁，亲爱的同仁——然而第一个发言的是谁呢？有幸进行总结的又是谁呢？——是的，雷佛尔越想就越遗憾不能在那一天坐在他们面前，置身于重症监护先驱人士之列，他们大多是男性，兴奋激昂而全神贯注，成为他们中的一员坐在那里，在克洛德–贝纳尔医院——一家前沿试点医院：皮埃尔·莫拉雷于一九五四年在那里创建了世界上第一个现代重症监护单元，培训了一支医护队伍，将巴斯德楼改造后排入近七十张病床，引进了著名的恩斯特龙 150，一种为应对当时肆虐北欧的脊髓灰质炎传染病而研制的电动呼吸机，以此取代了从三十年代开始使用的“铁肺”；雷佛尔越是集中精神，越能够将这个情景——这个他从没经历过的简单情景精细展开，他能够听到两位教授之间的窃窃私语，整理他们摆在托架上的文稿，在麦克风前清清嗓子，镇定地等待喧哗渐渐平息，肃静的降临，好最终以一种对自己即将宣布事件的深远意义有所洞悉的人所特有的冰冷透彻开启他们的报告，避免任何着力渲染，仅满足于描述、描述、再描述，砸下他们的结论就像打扑克牌时砸下四张 A；而他们宣言的不同凡响总是令雷佛尔惊愕不已，倍感震撼。因为古隆和莫拉雷所要说的可以用一句犹如慢碎裂炸弹的话总结：心脏停止跳动不再是死亡的标志，从今以后应由大脑功能的消失来证明死亡。换句话说：*我不思，故我不在*。心脏的罢黜，大脑的加冕——一场象征性的政变，一次革命。

这两个男人就这样面对与会者，描述了他们当时所命名的“过度昏迷”已被证实的各种症状，详释了多个病例，其中的病人通过呼吸机以机械的方式维持心肺功能，但已丧失所有大脑活动——如果没有完善的设备和重症监护技术保证对他们大脑血液的供应，这些病人必将发生心脏死亡；由此他们认定，医学抢救重症监护技术的飞跃改变了前提条件，行业的进步让人们需要对死亡进行重新定义，他们推测，除了它史无前例的哲学影响外，这一科学判定将令人们有权进行器官的提取和移植。

古隆和莫拉雷的公告后来被编写成一篇重要论文刊登在《神经学刊》上，论文阐述了对二十三例“过度昏迷”病人的研究——每个人都记得雷佛尔办公桌书架上摆放的那几本书，其中有一九五九年的这一学刊，每个人都能猜到它就是这一期，那是雷佛尔在 eBay 网上搜索到，没讨价还价就买了下来，在十一月的一个晚上在巴黎城铁 B 线的洛泽尔-综合科技学校站收到的——他在寒风中跺着脚守候良久，卖书人是个头发上扎着黄玉色丝带的小个子女人，她在站台上小跑了几步，来到他面前，拿了钱，从一个花格子手袋中掏出书，然后，这个奸诈的女人竟还试图骗他的钱。

雷佛尔，再次专注于电脑屏幕，将显示的信息一并记在心中，闭上眼睛，再睁开，突然间，他猛地起身，现在是十一点四十分，他呼叫部门接待处，接电话的是考尔德莉亚・乌尔，雷佛尔问她是否已经联系了西蒙・兰博尔的家人，考尔德莉亚回答联系了，宪兵队给他母亲打了电话，她已经在来医院的路上了。

玛丽安娜·兰博尔从主通道进入医院，径直向前台走去，电脑屏幕后面坐着两个女人，两个穿着浅绿色大褂、低声交谈着的女人。其中一个肩膀上拖着一条黑色的大粗辫子，她朝玛丽安娜抬起头：您好！玛丽安娜没有立刻回答，她不知道应该找哪一个部门——急诊，重症监护，创伤外科，神经生物科——不知如何看懂墙上挂着的大牌子上列出的科室清单，仿佛那一行行的字母、词语都交叉在一起，令她无法将它们理顺归位，赋予它们含义，她最终开口：西蒙·兰博尔。您说什么？那个女人皱起眉头——也同样又黑又粗，在鼻梁上方簇成一束，玛丽安娜打起精神，终于组织了一句话：我在找西蒙·兰博尔，我是他妈妈。柜台另一头，那个女人低头看看电脑，她发辫的下端像一支中国毛笔轻抚着键盘：姓什么？兰博尔，l，i，m，b，r，e，s，玛丽安娜拼读了一遍，然后转身面向大厅，大厅很宽阔，高得像座大教堂，地面犹如溜冰场——传音性、光亮和印迹——三三两两的立柱，这边很安静，人不多，一个身着睡衣和游泳池拖鞋的男人拄着一根英式拐杖朝墙边的电话走去，一个男人推着一个坐在轮椅中的女人慢慢溜达，男人头戴一顶插着橙色羽毛的毡帽——神经衰弱的罗宾汉——在远处的餐厅附近，半明半暗中一排门前，三个穿白衣服的女人聚在一起，每人手里举着一只塑料杯。我找不到，他是什么时候送到医院的？那个女人盯着电脑屏幕，点击着鼠标，今天早上，玛丽安娜轻声答道，女人抬起头，啊，那可能是急诊吧？玛丽安娜垂下眼皮，点点头，女人站起身，将发辫甩到背后，抬手指给她大厅尽头的电梯，然后应该走哪条路可以无需走出大楼、在寒冷中绕圈子就可以直接到达急诊部，玛丽安娜谢过了她就继续上路了。

电话铃响起时她刚好又睡着了，浸没在穿插着阳光和电视里日本动画片尖锐的合成配音的盘根错节的苍白幻梦中——日后，她曾试图从中寻找一些征兆，但徒劳无果：她越是努力唤起回忆，那梦幻就越是消散无迹，对于那一刻在三十公里外的路边泥地里所发生的震动，她在梦里找不到任何明确的东西能够作出解释——接电话的不是她而是七岁的露，飞奔进她的卧室因为不想漏掉起居室里正在播放的画面，仅仅将电话放在她母亲耳边就立刻跑了出去，以至于电话另一边的声音与玛丽安娜的梦纠缠在了一起，那声音越来越高，坚持不懈，最后是在听到“拜托了，请回答我，您是不是西蒙·兰博尔的母亲？”这句话时，玛丽安娜才从床上抬起头，大脑突然间被惧怕惊醒。

她说话声音肯定很大，大得至少让小女孩又回转身，缓慢而凝重，睁着两只圆眼睛，站在卧室的门口，头靠着门框，眼睛凝视着她的母亲，母亲此刻看不见露，却像一只狗一样喘着粗气，手忙脚乱，面容扭曲，在手机上按着电话号码呼叫西恩，但没人接听——接呀，接呀我的天——她看见母亲匆匆套上衣服、棉靴子、肥大的外套和围巾，然后冲进洗手间好往脸上泼点儿冷水，但没用护肤品，什么都没用，当她抬起头来，与镜中的自己目光交错——冰冷的虹膜上盖着一层浮肿的眼皮，仿佛眼睛上刚挨了一拳，西涅莱[1]的眼睛，兰普林[2]的眼睛，睫毛下面直接射出眼球的绿光——因为没有认出自己而怔住了，好像她面容的损毁已经开始了，好像她已经变成另一个人了：她生命的一个段落，一个庞大、密实、温热尚存的段落正从当下解体，陷入一个一去不复返的旧时代中，并在那里坠落，消失。她察觉到山体滑坡，泥石流，在她脚下地面绽开的裂缝：某个东西被封闭起来，某个东西从此再也无法触及——悬崖的一部分与高地分离，堕入汪洋，一座半岛缓缓从大陆断裂出来，并孤独地向远海漂去，一扇通往奇妙山洞的入口突然被岩石堵塞；顷刻间，从前膨胀变大、仿佛贪食生命的妖魔，而当下只是一条超薄的门槛、一条细线，在它另一侧，一切都是未知。那电话铃声斩断了时间的连续性，面对映射出她纹丝不动影像的镜子，双手紧紧扣住盥洗池，玛丽安娜在这一打击下呆若木鸡。

一把抓起挎包，她转过身，撞上了一直站在原地的小女孩，啊，露，女孩被妈妈抱在怀里却不知发生了什么，从头到脚散发出的疑问得到的只是母亲的逃避，把你的拖鞋穿上，拿上一件毛衣，来，在楼道里撞上大门时玛丽安娜突然想到——冰冷的一刀——她再一次将钥匙插入门锁中时就已经知道西蒙的准确情况了。往下走了一层，玛丽安娜按了按一间公寓的门铃，等等又按

① 西蒙·西涅莱（Simone Signoret，1921—1985），电影女演员，法国第一位奥斯卡金像奖得主。

② 夏洛特·兰普林（Charlotte Rampling，1946— ），英格兰女演员、歌手。

了一次——星期天早上，人们起得晚——随后一个女人来开了门，玛丽安娜对她低声说了医院，车祸，西蒙，很严重，对方睁大了眼睛，点点头，轻柔地说我们会照顾好露的，穿着睡衣的小女孩走了进去，从半开的门缝向母亲作了一个小小的挥手动作，但忽然改变主意，跑到楼道里，叫道：妈妈！玛丽安娜又快速跑上楼梯，在小女孩身旁跪下，将她紧紧拥入怀中，然后看着她的眼睛对她重复着那些冰冷的话，西蒙，冲浪，车祸，很快，我很快就回来，小女孩眼睛一眨不眨，在母亲额头上吻了一下，走进了邻居家。

在此之后得把车开出车库，在地下停车场里倒车，慌乱失措，她试了两次才把车从停车位开出，以精确到毫米的操作一直开上通往大街的坡道。车库的门刚一关上她便使劲眨着被晃得睁不开的眼睛。惨白色的阳光稀释着阴沉灰暗，憋着要下雪却下不来的鬼天气，这时，她唤起身上的力量和理智，集中精神找到该走的路线，向东从上城区直行，沿着像水平穿透空间的探针一般笔直的干道，驶上菲利克斯-福尔①路、第 329 步兵团②路和萨尔瓦多-阿连德③路，随着这些编织城市小说的名字在同一条干道上陆续闪现，车子也渐渐接近勒阿弗尔的郊区，居高临下地俯视着污水坑一般下城区的阔气别墅、通风良好的大花园，私立学校和黑色四门轿车，整个景观渐变成凋敝的建筑，加盖了走廊或院子的

① 菲利克斯·福尔（Félix Faure，1841—1899），法兰西第三共和国第六任总统。出身卑微，早年曾在勒阿弗尔工作生活，随后在此首次当选议员。

② 第一次世界大战期间在勒阿弗尔组建的部队。

③ 萨尔瓦多·阿连德（Salvador Allende，1908—1973），智利政治人物，社会主义者，智利前总统。

小楼，积存雨水的水泥天井，轻骑摩托和整箱的啤酒，现在则是挤上狭窄得容不下两人并排行走的便道的几辆小货车和自行改装的汽车；她沿着图尔拉维尔城堡，经过公墓前面的殡葬公司，高大的橱窗后面展示着大理石墓碑，看到格拉维尔区有一家亮着灯的面包店，一座开着门的教堂——她在胸前画了个十字。

城市显得了无生气，但玛丽安娜却能感到它可怕的成分——水手面对如油的大海所感到的恐惧。她甚至觉得她周围的空间因它所容纳的隐藏在物质中的巨大能量而轻微膨胀，如果将其中的原子分解，这内部的气场可以变为难以想象的毁灭力量；但最奇怪的，她日后回忆这一天时才想到，她这天早上没有遇到任何人，既没有任何行驶的车辆，也没有人类或动物——猫、狗、老鼠、昆虫——世界疏芜萧索，城市空无人烟，好像居民都藏在家里好躲避一场大灾难，好像刚刚打了败仗，他们都缩在窗户后面看敌人的部队经过，好像每个人都匆忙逃开某种具有传染性的厄运——焦虑令人厌恶，这谁都知道——商店铺面的金属卷帘门都关着，窗子上的遮阳伞都是降下的，只有散布在港湾的海鸥在玛丽安娜汽车的上空盘旋，打着招呼，她的车从空中俯瞰是整个景观中唯一活动的物体，将地球上仅存的生命力集于一身的活动胶囊，贴着地面疾驰仿佛弹子游戏的玻璃罩下的小钢珠——顽强、孤独、痉挛地抖动着。外部宇宙慢慢扩大直至颤抖、苍白，犹如沙漠上方的空气一般颤抖、苍白，在阳光加热的柏油路上方，它变成一个流逝的、渐远的背景，越来越浅，几乎消失不见，此时玛丽安娜在车里用单手驾驶，另一只手抹着她脸上流下的所有东西，这些泪水，她双眼盯着公路，竭力驱散从那通电话开始在她心中缓慢沉积的直觉，这令她感到羞耻、心痛的直觉，然后是朝阿尔弗勒尔的下行路、勒阿弗尔市的公路出口、让她加倍小心的高速立交桥，看到一座静止、封闭的楼宇树林，医院到了。

她在停车场关停发动机，然后再一次试着打电话。紧张的她此刻听到快速而规则的嘟嘟声，眼前显现这通电话游走的路线：声音朝城南方向飞驰，被组成空气中无形物质的这些无线电波中的一条输送，经过一座又一座手机信号塔，被各不相同的赫兹频率承载，抵达港湾区海洋船坞附近的一块工业荒地，穿梭在翻修改造的楼房之间，最终进入这冰冷的厂棚，这座玛丽安娜久违了的厂棚；她追随在桨叶和厚木板、在刨花板和胶合板之间疾行的电话呼叫，这铃声混合着此处被裂开的方砖掩埋的风声，又在墙角处被卷入锯末和灰尘飞舞的漩涡中，掺杂着聚氨酯胶黏剂、树脂或船用清漆的气味，刺穿一堆工装 T 恤的纤维和厚厚的皮手套，射入由罐头盒改装成的油漆刷筒、烟灰缸、餐具摆放筒——集市上的球击罐头堆游戏——与圆锯连续不断的震动对抗，与那台老旧的大功率收录机播放的歌曲（蕾哈娜《留下》）对抗，与颤抖、悸动、发出哨声的一切对抗，包括在那里干活儿的那个人，西恩，此刻他正俯身查看一个带有铝制轨道和游标卡尺的下水架，好按照这个宽度切割板条，一个高大、灵活的男人，有着深色皮肤的手，他缓慢地移动着，在落满粉尘的地面上留下自己的脚印；他戴着防护面罩和降噪耳机，还吹着口哨，就像一个站在梯子上的房屋粉刷工，这尖细的旋律萦绕在空中，仿佛剪刀划过礼品包装带；她听着这通电话进入挂在那里的一件羽绒大衣的内兜里，并启动了手机的铃声——雨水滴落在水面的响声，他上个星期才下载的这支铃声他这会儿却完全听不到。

嘟嘟声停了，一段难听的提示音乐后是语音留言。她闭上眼睛，可以看到厂棚，突然她眼前闪现出在沿墙面固定的金属架子上摆放的那些华丽金褐色的“宝贝”①，西恩的宝贝：塞纳河谷的搭接式小船、阿拉斯加西北部图皮克人制作的海豹皮小艇和他在这里建造的各种独木舟——其中最大的一条拥有像瓦卡船一样精美雕饰的船尾，这种带平衡器的独木舟用于毛利人节庆游行活动；最小的既柔软又轻便，外壳以桦树皮制成，船内以浅色木条铺成，好像是被放入尼罗河的那只救了摩西一命的摇篮，一只鸟巢。是我，玛丽安娜，快给我回电话。

玛丽安娜疾步走入大厅。从这一边穿到那一边是这样遥远，漫无尽头，每一步都负载着急切和恐惧的重量，她最终钻进那部过于空旷的电梯，降到地下一层，电梯口外是个宽敞的平台，地面铺有大块白色地砖，她没遇到任何人但听到几个女人相互应答的喊声，楼道拐个弯便呈现一群来来往往的人，站着的、坐着的、在靠墙停放的活动床上躺着的，在这四处弥漫的活动中渗透出牢骚声和低语声，一个男人失去耐心的话音，我都等一个小时了，一位戴着黑色头巾的老妇人的呻吟，一个孩子在母亲怀中的啼哭。

一扇门开着，那是一间玻璃墙办公室。又是一位坐在电脑后面的年轻女士，后者向她抬起一张圆圆的、充满关切的脸，最多

---

① 原文为新西兰原住民毛利语中的词汇：**taonga**。

不超过二十五岁，一个实习护士，玛丽安娜缓慢地说道，我是西蒙·兰博尔的母亲，小护士皱起眉头，不知所措，然后在椅座上打个转，猛然朝她身后的一个人问道：西蒙·兰博尔，一个年轻人，今天早上接收的，你知道吗？那个男人转过身，摇摇头，不知道，看到玛丽安娜，于是对护士说：得打电话问问重症监护部。女护士拿起电话听筒，问了几个问题，挂断电话，点点头，然后那个男人走出办公室，这个行为让玛丽安娜肚子里的某处释放出肾上腺素，突然让她感觉燥热，她拉松围脖，解开大衣，擦拭在额头上渗出的汗珠，这儿真闷，男人向她伸出手，他矮小瘦弱，一个皱巴巴小鸟脖子套在一件淡粉色衬衣过宽的领口里，洁净的白大褂扣子全部系好，带着他名字的胸牌妥帖地别在胸前。玛丽安娜也伸出手，跟他握了握，但不禁自问，这是惯例，还是这本来看上去稀松平常的行为表示着某种意愿、关切或别的什么，是西蒙的状态使然吗？然而她此刻什么也不想听，什么也不想知道，她还没准备好，她不想听到可能让“您的儿子还活着”这一断言被篡改的任何信息。

这位医生带着她穿过楼道，朝电梯方向走去，玛丽安娜咬着嘴唇，他则继续说道：他不在我们这边，而是直接被重症监护部接收了——他的鼻音将“们”和“症”都压扁了，口气平淡，玛丽安娜停下脚步，瞪着眼睛，声音断续：他在重症监护部？对。医生蹬着胶底鞋的脚迈着小步，不出声响地走着，他漂浮在自己的白大褂里，蜡质一般的鼻子在灯光下发亮，玛丽安娜比他高出一头，可以看见他稀疏头发下的头皮。他双手交叉在背后：我不能告诉您什么，但是到那边他们肯定会把一切都对您解释清楚，应该是他当时的状况使他被分配到那个部门的。玛丽安娜闭上眼，咬紧牙，她整个人蓦地缩起来，他要是继续说下去她就要大叫了，或者扑上去用手掌捂住他那张愚蠢啰嗦的嘴，让他住口吧，求求你，我的上帝，而这时，好像魔法显灵似的，他止住了没说完的话，惊讶地在她面前定住了，头在粉红衬衣的领口上摇晃，手像块纸板一样平直，手心向上朝天花板举起，这一模糊的动作扩大了世界的偶然性、人类存在的脆弱性，然后这只手又回落到他腿部外侧：重症监护部已经知道您就要到了，他们会接待您的。他们走到电梯前，面谈即将结束；医生扬起下巴给她指指楼道尽头，以审慎而坚定的口吻告别，我得回去了，今天是星期天，星期天的急诊总是很忙，人们都有点儿手足无措，他按下电梯呼叫按钮，金属门慢慢打开，当他们再次握手时，他忽然对玛丽安娜笑了笑，一个发自目光深处的微笑，再见女士，要坚强，然后便转身朝哭闹吵嚷的方向走去。

他说要坚强，玛丽安娜重复着这个词，此时她乘坐的电梯向上一层行进——要见到西蒙的路好漫长啊，这些医院真烦人，都弄得像迷宫一样——电梯里贴满了各种安全指示和工会传单，要坚强，他说要坚强，她的眼睛发黏，手心潮湿，她皮肤的毛孔在暖气的作用下都打开了，皮肤的扩张令她的轮廓变得模糊，可恶的要坚强，可恶的暖气，难道这个地方没有风吗？

重症监护部占据着一层整个右翼。入口有限制，门上贴着闲人免入的公告，玛丽安娜便在楼道里等了一会儿，然后靠着墙，任由自己顺着墙往下滑，最终蹲了下来，头贴着墙面左右晃动，磨蹭着墙壁，用枕骨缓缓地在墙上钻孔，脸向上抬起，面向天花板上的一溜荧光灯，眼睛闭着，听着那些此起彼伏的讪笑或从楼道一头到另一头问答的忙碌话音，这些穿着胶底鞋、球鞋或普通小篮球鞋的脚，这些金属碰撞的叮当声，这些警鸣，这些推车滚动的轮子，这些场所特有的绵延不停的窸窸窣窣。她查看了一下手机：西恩没回话。她决定动身，得走了，她接近包着黑色橡胶的防火双开门，踮起脚尖透过方窗玻璃往里看。很安静。她推开门，走了进去。

他马上就意识到是她——神情凝滞，目光纠结，从里面嘬咬的脸颊——问都没问她是不是西蒙·兰博尔的母亲，便点着头向她伸出手：皮埃尔·雷佛尔，我是重症监护部的医生，今天早上是我接收您儿子入院的，请跟我来。她本能地低着头看着油毡地毯，绝不用余光在一间昏暗的病房内搜寻自己的孩子，二十米并肩走在薰衣草蓝的楼道里，接着是一扇普通的门，上面贴着一个名片格式的标签和一个在她眼前飘过却看不清的名字。

这个星期天，雷佛尔将自己不太喜欢的亲属会见室弃而不用，决定在他的办公室接待玛丽安娜。她呆呆地站了一会儿，最后挨着椅子边坐了下来，雷佛尔此刻绕过桌椅好挤进自己的扶手椅中，上身前倾、双肘叉开放在桌子上。玛丽安娜越是观察他，她进医院以来所遇到的那些人物形象——前台的那个连眉毛女人、急诊部的实习小护士、粉红衣领的大夫——就越是模糊淡化，仿佛那些人之间的接力只为将她带到这张面孔前，仿佛那些脸一张张叠加只为组成这一张，这个坐在她面前、准备好要说话的男人的脸。

您要咖啡吗？玛丽安娜一惊，点点头。雷佛尔起身，背对着她，拿起她之前没有注意到的那只咖啡壶，将咖啡倒入白色塑料杯中，升起热腾腾的烟，他的动作从容平静，要糖吗？他在拖延时间，组织语言，她知道，伴随着这一节奏，她感觉到与此相反的张力，因为时间就像咖啡壶里的咖啡那样点滴流逝，然而此刻一切都归结为情况的紧急、极端、生死不明的特性，玛丽安娜现在闭上眼，喝口咖啡，精神集中在她喉咙中液体灼烫的感觉上，因为她太害怕第一句话的第一个词——下颌开始移动，嘴唇开启、向两侧抻拉，牙齿显露，偶尔还出现一点儿舌头——她知道这个饱含苦难的句子正在组成，而她整个人都在退缩、躲避，她的脊柱蜷压在椅背上——椅子腿有长有短——她的头向后仰，她想从这里抽身，直接夺门而逃，让自己从椅子腿下面突然间打开的一扇门消失，砰！一个洞，一个地下秘道——让她被此地遗忘，让她无法被人找到，让她除了西蒙正在跳动的心以外永远不会知道其他任何事——她想要远离这过于狭小的房间、这阴森的灯光，在宣告前掉头就跑，她不坚强，没有一点儿勇气，她像条水蛇般扭动着，她愿意付出她所拥有的一切换取让她放心的话，换取谎言，换取一个尽管有点儿悬念但最终是个让人鼻子微酸、大团圆结局的故事，她真是无可救药的懦弱，但坚定不移：逝去的每一秒都是一分胜利，开启的每一秒都阻抗着前进的命运，看着她这双躁动不安的手，这两条交缠在椅子下面的腿，这两只闭上的水肿的眼睛，眼皮因为昨天的眼影而呈现深色——用指尖一抹将炭黑的粉涂在眼皮上，紧贴朦胧透明的虹膜——一块水样浑浊的玉，这些外翻睫毛的颤动，雷佛尔知道她已经明白了，知道她都知道了，以他无限的仁慈配合她拖延谈话前的时间，拿起威尼斯玻璃饰物，让它在手心里滚来滚去：那玻璃球在荧光灯的冷光下闪闪发亮，将墙壁和天花板照得五彩缤纷，布满纹理的反光映在玛丽安娜脸上。她睁开眼睛，对雷佛尔来说，这是他可以开始的信号。

——您儿子的情况危重。

第一句话——嗓音清晰，节奏平和，玛丽安娜用干燥的眼睛盯着雷佛尔，后者也与她对视，此刻他的词句陆续流出，他的话语逐渐组成，直白但不粗暴——精确坦率的语义，穿插着寂静的广板，以缓慢支撑要展开的含义——足够缓慢好让玛丽安娜能够在心中重复她所听到的每个音节，将它们记录下来：发生车祸时，您的儿子颅脑受创，扫描显示额叶遭受了严重的损伤——他将一只手放在自己前额后部的头顶上，以配合自己的话——这一猛烈的震荡引起了脑出血，西蒙被送到医院时处于昏迷状态。

塑料杯里的咖啡凉了，雷佛尔慢慢地喝着，在他对面，此刻玛丽安娜已变成一尊石像。房间里响起电话铃声，一声，两声，三声，但雷佛尔不接，玛丽安娜盯着他的脸，用目光将他完全吞噬——丝绸煞白的脸，透明灰色的大圆坑下面是紫色的眼圈，沉重的眼皮像核桃壳一样布满皱褶，一张拉长的、沧桑的脸——沉默在四周膨胀，直到雷佛尔继续说道：我很担忧——他的声音让自己一惊，不知为什么那么响，好像他的音量失调了——我们现在正对他进行一些检查，已经出来的结果不太好——尽管他的话音在玛丽安娜的耳边发出一种难以辨识的响声，并立刻令她呼吸加速，但这话音不是虚情假意的，不像那些令人作呕的话音、那些一边将人推向坟墓一边还自称给予人安慰的话音，与之相反，雷佛尔的话音为玛丽安娜指定了一个位置，和一个参照。

——他处于深度昏迷。

接下来的几秒钟在他们之间开启了一个空间，一个赤裸、沉默的空间，他们在各自的一侧停留了好一会儿。当玛丽安娜·兰博尔开始在脑中转悠昏迷这个词，雷佛尔继续推进他工作中黑暗的部分，玻璃饰物还在他手掌中滚动，浑浊而孤独的太阳，对他来说，从没有什么比坐在这个女人旁边、与她一同挖掘这通告死亡的语言的脆弱之地、好让他们可以在上面同步前进更加粗暴更加复杂的了。他宣布：西蒙对疼痛刺激已经没有反应，出现了视觉和植物神经紊乱，特别是呼吸障碍，开始出现肺阻塞，此外刚出来的扫描结果也不理想——他娓娓道来，中间穿插着呼吸的间隔，他要将西蒙的身体呈现出来，使之存在于他的话语中，令医学判语变为一种换位思考，讲话时的他就像是在精心雕琢着某种材料，现在他们四目相交，正视着对方，就是这样，只是这样，一个纯粹的面对面，将它坚定不移地完成，仿佛谈话和对视是同一个动作的两面，仿佛面对对方就是面对在这家医院的一间病房内正在发生的事。

我要见西蒙——惊惶的声音，混乱的眼神，溃散的手。我要见西蒙，她只说了这句话，此时她大衣兜里的手机第N次震动——照看露的邻居，克里斯的父母，若安的父母，但还是没有西恩的消息，他在哪儿？玛丽安娜发了个短信：给我回话。

雷佛尔抬起头：现在吗，您想现在见他？他瞟了一眼手表——十二点三十分，平静地回答道，现在还不行，得等一会儿，我们正在对他进行护理，护理一结束，您当然就可以见到您的儿子了。与此同时，他将一页黄色的纸放在面前，继续道：如果您不介意，我希望您能简单地说说西蒙。说说西蒙。玛丽安娜紧张起来。“说说西蒙”是什么意思？像填写一份表格一样介绍他身体的情况？指出他所接受过的手术？——增殖体[①]和阑尾炎，没有别的了；他有过的骨折？——十岁那年夏天从自行车上跌下来摔断了一根桡骨，就是这些；影响他日常生活的过敏？——没有；他曾感染的疾病？——五岁那年夏天的金黄色葡萄球菌，他见人就说，这美妙的名字让他戴上了稀有的光环，十六岁那年的单核细胞增多症、接吻病、情人们的疾患，每次有人拿这个跟他逗乐他就歪咧着嘴笑，当时他穿着一套奇怪的睡衣，夏威夷齐膝短裤和厚绒套头运动衫的混合物。是要列出他所有的儿童疾病吗？说说西蒙。一个个画面向她涌来，玛丽安娜顿时慌了：一个穿着波浪纹毛线衣小宝宝的玫瑰疹，一个三岁幼儿的水痘，他耳朵后面头皮上棕色的痂，还有让他脱水、整整十天眼白发黄、头发黏糊糊的那场高烧。玛丽安娜一个字一个字往外蹦，雷佛尔做了些笔记——出生日期和出生地、身高、体重——其实好像并不在意那些儿童疾病，因为他已经写在纸上，西蒙没有特别的过往病史，也没有她母亲所知道、可以告知的严重疾病、罕见过敏或先天畸形——说到这儿，玛丽安娜迟疑了，一缕模糊的回忆，那是学校

① 增殖体肥大是儿童常见病多因鼻咽部急性或亚急性炎症反复发作，使增殖体与鼻咽黏膜的淋巴滤泡发生病理性肥大。增殖体肥大常与慢性扁桃体炎合并存在。

组织去孔塔岷-蒙日瓦[1]滑雪期间，十岁的西蒙突然肚子剧烈疼痛，滑雪站给他听诊的医生触摸了他的左肋，推测是阑尾炎发作，同时诊断他有“内脏逆位”，换句话说心脏在右侧，所有器官都是左右颠倒的，没人怀疑这句话的真实性，而这一神奇的异常也让他在这次滑雪期间体验了一回与众不同的感觉。

谢谢您，他用手将这张纸抚平后放入了西蒙的病例中，一个浅绿色的文件夹，他抬起头对玛丽安娜说，检查一做完您就可以见到您的儿子了。什么检查？玛丽安娜的话脱口而出，隐约地想着如果还在做检查，那就是说还没有定论。她眼神中的亮光引起了雷佛尔的警觉，他一直尽力控制局势、抑制希望：西蒙的状况是在变化的，但这一变化不朝好的方向发展。玛丽安娜受到打击，反驳道，啊，那朝什么发展，西蒙的状况？说到此处，她知道自己已经没有掩护，暴露在风险下，雷佛尔答话前深吸了一口气。

——西蒙的创伤是不可逆的。

他感觉很糟，好像刚刚给了她一拳，好像引爆了一颗炸弹。在这之后，他站起身，我们一结束就叫您过去，又提高了声音问道：通知西蒙父亲了吗？玛丽安娜紧盯着雷佛尔，他下午就到——但西恩一直都没来电话，玛丽安娜突然慌了神，对自己说他可能不在厂棚，也不在他家，他可能带着小艇去韦尔吉耶、杜克莱尔或科德贝克-昂-克欧[2]给客户送货了，或者在塞纳河边的

---

① 孔塔岷-蒙日瓦（Contamines-Montjoie），法国上萨瓦省的一个滑雪胜地。
② 韦尔吉耶（Villequier）、杜克莱尔（Duclair）和科德贝克-昂-克欧（Caudebec-en-Caux），都是法国诺曼底地区滨海塞纳省的城镇。

一家赛艇俱乐部，或许此刻他正在与客户试航，他们正坐在滑动座椅上划桨，观察着船的性能，他们用一种专业词汇低声评论着，玛丽安娜看见高高石壁之间的河面慢慢收窄，石壁上结着浓密的苔藓、覆盖着横向生长的植物，泥炭藓、巨型羊齿草和肥硕的藤蔓，某种酸绿色的草相互交缠地沿着高耸的墙壁生长或朝着河面铺展成植物瀑布，然后光线变暗，两岸仅留给小船一条乳白色的纤细天空，河水变得厚重、平缓，水面布满了昆虫——泛着青绿光的蜻蜓、透明的蚊子——水体呈棕色，散射银色反光的金属毛糙面，突然玛丽安娜恐惧地想象西恩返回了新西兰，他正沿旺阿努伊河逆流划行，从库克海峡的另一个河湾和另一个城市出发，向内陆深入，一个人坐在他的独木舟里，绝对平静，就像她认识他时那样平静，目光沉稳；他划桨的动作规律，经过岸边的毛利村庄，步行穿过瀑布，背上竖立着轻型小船，一直往北，沿着新大陆移民的足迹，朝着中央高原和圣河发源地汤加里罗山进发，她可以清楚地看见西恩，甚至听见他在峡谷中的喘息好像在一间回音室中膨胀，那里笼罩着一种令人窒息的沉静——雷佛尔看着她，面对她惊慌的表情感到担忧，但他必须结束谈话，那就一会儿等他来了一起谈吧，玛丽安娜点点头，好。

椅子在地面拖拉的声响，门打开的吱扭声，他们此刻朝楼道尽头走着，到了楼梯平台，对他们贫乏的对话没有添上一句，玛丽安娜掉转身，漫无目的地渐行渐远，她经过等候大厅，在几把直背座椅和一张堆满旧杂志的茶几之间几个牙齿健康、头发亮泽、小腹紧实的中年妇女在微笑，她很快就回到了玻璃混凝土的宽阔中堂，站在散布着成千上万脚印的石板地上，她经过咖啡厅——

展柜里摆放着花里胡哨的袋装薯片、糖果和口香糖，用基本色印制的披萨饼和汉堡包小广告在上方排成一排，瓶装纯净水和汽水躺在玻璃冰柜里——猛然止步，不由得打个晃，西蒙正躺在那里的某个地方，怎么能丢下他离开呢？想要转身却又继续前行，她得出去找到西恩，她得想方设法找到他。

她向大门的方向走去，远处的门慢慢打开，四个人影走了进来，向她这边行进，被她近视的眼睛打入一片模糊的人影逐渐清晰：是“西班牙三绅士”中的另外两个，克里斯托弗和若安的父母，他们并列同行，还是那件棉衣压在他们肩上，还是那条围脖卷成颈托支撑着他们低垂的头，还是同样的手套。他们认出了她，速度放缓，然后其中一个男人加快脚步走出队列，一来到玛丽安娜面前便将她紧紧搂在怀里，这之后其他三个人也分别拥抱了她。他怎么样了？说话的是克里斯托弗的父亲；四个人看着她，她感到全身僵硬，低声说道：他在昏迷中，情况不明。她耸耸肩，嘴唇扭曲变形：你们呢？孩子们都怎么样？若安的母亲回答：克里斯托弗，左胯和腓骨骨折；若安，两只手腕和锁骨骨折，胸廓嵌入性骨折，所幸没有扎破器官——她话语简练，很有节制，一种过分的节制，为了让玛丽安娜知道他们四个都意识到他们有多走运，他们简直是捡了个大便宜，因为他们那边只不过是筋骨伤，他们的孩子都绑着安全带，在撞击时得到了保护，如果这个女人此刻对他们的焦虑如此轻描淡写，不做任何评论，也是为了告诉玛丽安娜他们对西蒙的情况都有所耳闻，他们知道事态严重，甚至非常严重，可能消息从重症监护部走漏到他们儿子所住的矫形和创伤外科部，而她自然不好意思再添油加醋了，最后，她内心感到一种不安，一种让她欲言又止的愧疚，因为关键是她们两人的儿子之间只有一条安全带，克里斯托弗肯定是负责驾驶的，所以坐在座椅中间的本可能是若安，如果是这样，那么这一秒处于玛丽安娜境地的将是她，她将分毫不差地站在玛丽安娜此刻的位置上面对同一个不幸的深渊，同样面目全非，光是想到这里她就已经头晕目眩，双腿发软，眼睛后翻，以至于感到她难以自持的丈夫靠近她，挽起她的胳膊好撑起她，而玛丽安娜看着这个几乎瘫倒的女人，也觉察到在她俩之间，在她与他们之间的这道鸿沟，这道此刻将他们隔绝开来的裂缝，谢谢，我得走了，保持联系。

她忽然意识到自己不想回家，现在还不是见到露、打电话给自己的母亲、通知西蒙爷爷奶奶和朋友们的时候，现在还不是听他们惊慌、难过的时候，有些人会在电话里大喊，不，我的上帝，妈的，混蛋，不是真的，有些会忍不住抽泣起来，另一些人会向她砸下一大堆烦人的问题，提到一些她不知道的医疗检查名称，给她讲述某个认识的人在大家都以为没救了的时候却又脱险幸存的故事，重新搜集在他们周围和外围的所有起死回生的神奇案例，质疑医院、诊断、治疗，甚至询问他的主治医生的名字，啊，我不知道这个人，啊，他呀，我不认识，嗯，他应该还不错，但坚持让她记下一位两年内排不上号的著名医学教授的电话，甚至主动请缨亲自打电话给他，因为他本人或者他有一个朋友认识他，也许他们中会有人愚蠢甚至丧失理智到提醒她，注意，医院有可能把过度昏迷与其他类似的状态搞混了，比如酒精中毒、镇静剂过量、低血糖，或体温过低导致的昏迷，同时联想到当天早上的冷水冲浪，这时她会有想要呕吐的欲望，然后重新镇静下来，提醒这个折磨她的人之前发生了严重的车祸，无论她如何拒绝、向所有人重复说西蒙得到了很好的照顾，得等等看，他们依旧要向她表达他们的关切，给她灌入他们安慰的话语，不，现在还不是时候，她想要的是一个避风港，走到停车场，猛然跑向她的车，钻了进去，然后是击打方向盘的拳头，她的头发在仪表盘上方飞旋，她的动作如此错乱连钥匙也插不进去，当她最终启动马达时，她挂错了挡，让轮胎在停车场的地面上发出嘶鸣，然后径直朝西面驶去，越往西行这座城市的天空越见晴朗，而此时回到办公室的雷佛尔没有落座，他做了重症监护部申报一个脑死亡病例时依法要做的事：拿起电话，拨通了器官和组织移植协调部的电话，接听者是托马·雷米日。

然而，他差点儿错过这通电话，差点儿没听见，他是在结束一段跌宕起伏的长乐句——本杰明·布里顿的第二十八号作品《圣诞颂歌》中的一段鸟鸣般的声乐复调——之后换气时才察觉到电话的唧唧声，那是一只笼中金翅雀响亮婉转的叫声。

这个周日一早，在夏古船长路的一栋带小院子的单间公寓里，托马·雷米日转动一扇百叶窗的叶片；他独自一人，赤身裸体，唱起歌来。他站在屋子中央——总是这个地方——体重平均分布在两只脚上，脊背挺直，肩膀稍向后展，胸廓打开好解放前胸和颈部，站稳以后开始进行缓慢的头部转动好放松颈椎，两个肩膀也做同样的旋转动作，然后他集中精神想象从丹田到喉咙贯穿他身体的气柱，这一内部管道将气体向上推出并让他的声带颤动，他仔细调整着姿势。最后他张开嘴，就像打开一台烤箱——在这一刻的他有几分怪异，隐约有些可笑——让肺部充满空气，收紧腰腹，然后像打开一条通道一般呼气，尽可能长时间保持这一动作，调动横膈膜和颧肌——聋子如果将手贴在他身上也能听见他的发声。看到这样的场景会让人以为这一切与某些修士和修女对太阳的礼赞或晨歌——那黎明的抒情诗有关；人们也可以从中联想到以保健为目的的日常惯例——喝一杯凉水、刷牙、在电视机前的地面上铺开橡胶垫好做体操——而对于托马·雷米日这是件截然不同的事：对自我的探索——声音如探头一般深入体内，并向外反射所有赋予它活力的东西，让声音变成一只听诊器。

他二十岁时离开家族农庄，那是一个他姐姐和姐夫将在日后接管的富裕的诺曼底庄园。别了校车，泥泞的院子，潮湿牧草的味道，要求挤奶的奶牛偶尔发出的哞，长满草的路堤上密集的杨树屏障，从此他住进父母在鲁昂市中心为他租下的一间狭小的单间公寓里，电暖气和沙发床，开着一辆一九七一年款的本田 500，开始在护士学校学习，喜欢女孩，喜欢男孩，意向不明，在巴黎旅行期间的一个晚上，他去了美丽城[①]的一家卡拉 OK，里面有很多中国人，黑胶唱片质感的头发、蜡质的颧骨，不少常客来这里提升他们的表演水平，特别是一些夫妻，相互捧场、拍摄视频，模仿着电视节目中的动作和姿势，在随行者的极力鼓动下他竟然选了一首歌，一首简单上口的歌——我记得好像是邦妮·泰勒的《那是心痛》——轮到他时他登上舞台，然后慢慢变了一个人：他放松意志的身体开始逐渐进入角色，一个声音从他的口中发出，一个属于他但他却不认识的声音，闻所未闻的音色、音质和音域，仿佛他的体内寄宿着自己的其他版本——一头斑纹野兽，一座海中的山崖，一名妓女——DJ 显然没有搞错歌曲，唱歌的也的确是他，于是，将声音作为自己身体的签名紧紧抓住，作为自己独特性的体现紧紧抓住，他制订了认识自己的计划，并从此开始唱歌。

在了解歌唱的过程中了解自己的身体，一切就是这样发生的。

---

① 美丽城（Belleville）是巴黎华人和亚裔移民的聚居区。

就像前一天参加了重大比赛——长跑、自行车、体操——的体育爱好者，他发现从未感到过的张力，缠结和流动，穴点和区域，仿佛他是在寻找自己体内那些从未开发的潜力。他试着辨识自己的身体组件，想象自己精确的内脏组织结构、各个器官的形状、肌肉的类型、其出乎意料的能量来源；他探索自己的呼吸系统，研究歌唱行为如何将他的各个部分集结在一起并保持凝聚，令他以人体屹立，可能更甚，令他以歌唱体屹立。这是他的重生。

他在歌唱方面消耗的时间和金钱一年多过一年，最终在他的日常生活和医院值班所挣得的酬劳中占据了可观的部分：他每天早晨坚持练声，晚上刻苦研读，每周两次去一名灯泡体型的抒情女歌手家上课——她有长颈鹿的脖子、麻秆胳膊、强有力的躯干、平坦的腹部、合乎比例的宽大骨盆，所有这一切覆盖在沿法兰绒裙子倾泻至膝部的波浪长发之下——夜间在网络上搜寻某个独唱会、某个歌剧、某个新录制的歌曲，将一切下载、盗版、复制、储存，夏季穿越法国东跑西颠，去参加一个抒情诗歌艺术节、睡在帐篷下或跟其他几个类似的歌唱爱好者同住在一栋度假小木屋里，邂逅了乌斯曼，一位格纳瓦乐师和声如波光的男中音歌唱家，去年夏天竟突然远赴阿尔及利亚，还买下了一只科洛山谷的金翅雀，为此他砸上了祖母留给他的全部遗产——卷在一块细亚麻手帕里的三千欧元现金。

刚进入重症监护部做护士的那几年让他颇为震撼：他潜入了一个地下世界或者一个平行空间，一个位于平常世界的边缘并在与之发生的边界擦碰中不断受到扰乱的世界，在这个输液管连接着万千睡梦的世界里他却常年保持清醒。一开始，他巡视整个部门就像一个人在心里标记自己的地图，他知道自己从这里进入到另一半时间中，大脑休眠的黑夜，反应堆的核心——与此同时，他的嗓音逐渐清澈，表达也更加细腻，正是在这个时期他学习了第一首艺术歌曲①，勃拉姆斯的一支摇篮曲，这首形式简单的歌他第一次大概是在一位躁动不安的病人床前唱起的，歌曲的旋律仿佛一支真切有形的镇痛剂。灵活的上岗时间，繁重的工作任务，匮乏的人力物力：重症监护部划定出一块封闭的空间，一块服从自身规则的空间，托马感到渐渐与外面的世界隔绝，生活在一个日夜之分已经对他毫无影响的地方。他偶尔甚至有点茫然失措。为了透透气，放松心情，他频繁参加歌唱活动，这些活动总是令他筋疲力尽，却也让他拥有了更加深邃的目光、更加丰富的音色，工作起来全力以赴的状态让他在部门会议上开始收获同事的赞许，他熟练掌握麻醉直到苏醒各个阶段的平衡操作，适度使用监控和替代仪器，关注缓解疼痛的方法。他以这个节奏工作了七年，随后萌生了在这一领域中换个轨道旋转的念头。他成为了全国三百名器官和组织移植协调护士中的一员，长驻勒阿弗尔医院，他二十九岁，风华正茂，仪表堂堂。当有人问起他这一新的职业方向意味着什么，这一职业方向需要的补充培训都涉及哪些方面，托马答道，处理与死者亲属的关系、心理学、法律、操作中的集体意识、作为护士需要具备的所有条件，当然，当然，但还有别的，某些更复杂的东西，如果他自信满满，并乐意花时间

① 原文为德语：Lied。与歌曲有所不同，“艺术歌曲”通常特指欧洲古典音乐中的一种歌曲形式。

娓娓道来，他将提到对生死界线非比寻常的摸索，对人体及其用途的思考，如何对待死亡及人们对死亡的观念——因为这就是这项工作的核心。他无心理会周围那些拿他寻开心的人——如果脑电图发生故障，突然不听使唤了，比如断电了，可是那个人其实没死，这种事会有吧？天哪，你整天跟死人打交道，托马，你很可疑，你很黑暗——他微笑着，嚼着第N根火柴，为当晚朋友们的这轮饮料付了账。他刚刚拿到了索邦大学哲学硕士学位，并获得优良评语——作为与同事对调值班的高手，他竟成功找人替了五个半天的班，一节不少地参加了安排在圣雅克大街的研究班课程，他喜欢沿着这条街一直走到塞纳河边，聆听城市的低吟，偶尔禁不住还唱起歌来。

今天不可能有任何安排，托马·雷米日处于待命状态，重症监护部在这二十四小时内随时可能呼叫他，这就是待命的原理。像每次一样，他得想办法消磨这段既空闲又被占用的时间——这充满矛盾的时间就是无聊的代名词——组织这蛰伏守候，其实常常瞎忙一通，既不能休息也不能利用这自由的时间干点儿什么，被观望牵制，在拖延中瘫痪——准备了一番要出门，最后还是待在家里；开始制作蛋糕、看一部电影、备份音频文件——那只金翅雀的歌声——最后不是草草处理，就是中途放弃，另做计划，以后再说吧，但以后是不存在的，以后是一段混杂着不确定时段的涨满的时间流。如此，当发现电话屏幕上显示医院的号码时，托马同时感到失望的刺痛和解脱的释然。

尽管办公地点被安置在医院的院墙之内，但托马负责的这个协调部门在运营上是独立于医院的，即便如此雷佛尔和雷米日彼此之间并不生疏，此刻雷米日确切地知道雷佛尔准备向他宣布什么，他甚至可以替他说出这几个字，这为了达到效率而让悲剧整齐划一的句子：重症监护部有一个病人处于脑死亡状态。听上去仿佛一个最终判决，但对托马来说却不是，这句话对他展示着另一层含义，与最终判决相反，它发出的是一个运动开始、规程启动的指示。

——重症监护部有一个病人处于脑死亡状态。

雷佛尔的声音准确地展开那句预料中的惯用语。雷米日似乎答道“好”，没张嘴而只是点点头，脑海中即刻重现他准备实施的一系列精准操作，在密集而严苛的司法框架下，根据清晰的时间性展开高精度的运动，事实上他现在看了下手表——一个他在随后数小时中经常要做的动作，一个他们都在做、自始至终不断重复的动作。

二人建立起快速的对话，围绕着西蒙·兰博尔身体的是语句的交替，雷米日针对三点情况询问雷佛尔：脑死亡诊断的背景——当前发展到什么状况？病人的医疗评估——死因、病史、器官移植的可行性？最后还有与亲人的关系——这一事件的突发性是否让他有时间与家属接触？家人是否在医院？最后一个问题，雷佛尔给了个否定回答，然后具体指出，我刚见了他母亲。行，我准备一下，雷米日打了个寒颤，他觉得冷——还赤身裸体呢，可别忘了。

片刻之后，戴着头盔、手套，穿着靴子，皮夹克拉锁一直拉到领子上部，脖子上围着他的靛蓝色布制围巾，托马·雷米日跨上他的摩托车，向医院的方向启动——在戴上头盔前，他听见自己的脚步回响在寂静的大街上，沉浸在这声音带来的峡谷、山间通道的感觉中。只需手腕的一个动作，他的机车便发动了，随后他也朝着东边驶去，沿着将下城区一分为二的笔直道路——一条与他之前玛丽安娜所走那条路平行的路线——接连冲入勒内·科蒂[①]路、约瑟夫·霞飞[②]路、阿里斯蒂德·白里安[③]路——都是留着山羊胡和八字须、挺着大肚子、揣着怀表，戴着圆边礼帽的名字——凡尔登路等直到驶上位于城市出口的高速立交桥。头盔令他无法唱歌，但在某些日子里，内心充满着恐惧与欣喜，疾驰在城市街道中的他抬起玻璃面罩，让自己声带中的空间震颤起来。

不久之后，到了医院。托马对这间海洋般浩瀚无边的大厅了熟于心，沿直线穿入这空荡并在终点划出一条对角线，走上通往他办公室的楼梯，前往位于二层的“器官和组织移植协调单元”。但这天早上，他是以陌生人的身份进入医院的，与医院外部的人员同样小心谨慎，就好像他进入的是辖区内的其他医院——那些不具备器官移植资质的医院一样。在经过前台的时候加快了脚步，

---

① 勒内·科蒂（René Coty，1882—1962），法兰西第四共和国第二个也是最后一个总统（1954—1959）。

② 约瑟夫·霞飞（Joseph Joffre，1852—1931），法国元帅、军事家。

③ 阿里斯蒂德·白里安（Aristide Briand，1862—1932），法国政治家。

两个眼睛泛红、身穿牛仔裤和黑色肥大羽绒服的男人正在安静地等候，他朝连眉毛女人抬起手以示问候，知道他处于待命状态却看见他突然冒了出来，连眉毛女人猜到重症监护部有病人刚刚成为潜在捐献者，于是仅满足于以注目礼回应他的问候——器官捐献协调护士出现在医院从来都是个微妙的环节：不了解内情的病患家属如果听到他通知第三者他到院的原因，将托马的出现与他们的子女、兄弟、爱人的现状联系在一起，可能导致情绪失控，这对接下来的对话绝不是个好的开端。

在他的洞穴里，雷佛尔站在办公桌后面，扬起眉毛——睁大了眼睛，前额上泛起皱纹——将西蒙·兰博尔的病例递给托马，仿佛继续他们在电话里的谈话一般对他说：一个十九岁的男孩，神经学检查无反应，对疼痛无反应，颅神经没有任何反射，瞳孔固定，血液动力学状态稳定，我见过他母亲了，父亲两个小时以后到。男护士瞟了一眼手表，两个小时？一直咔嗤作响的纸杯中盛着同样的咖啡底儿。雷佛尔接着说：我刚刚要求做了第一个脑电图，结果还没出来，词语如同起跑线上的发令枪声，因为要求做这一检查，意味着雷佛尔已经启动了确认男青年死亡的法律程序——对此他有两种操作规程，一种是通过扫描仪进行脑血管造影，如果是脑死亡，扫描影像将确认颅腔内没有液体渗入；另一种是之间间隔四个小时、每次持续三十分钟的脑电图检查，平直的图线表示脑活动的全面消失。托马接收到这一信号并宣布：我们将着手进行器官的全面评估。雷佛尔点点头，我知道。

一走入楼道，他们便分头行动。雷佛尔朝恢复室走去，好再看看这天上午接收的病人，而雷米日则回到了自己的办公室，急不可待地打开了这绿色的病例。他潜入其中，仔细地翻阅着文件每一页——玛丽安娜提供的信息、急救队的报告、当天的化验和扫描结果，他记录数字、对比信息。一个对西蒙身体状况的清晰意识逐渐在他脑中形成。他内心产生了某种恐惧：如果他对即将进行程序的步骤和信标了如指掌，他却也知道这程序是多么不同于一个小而油亮的机制，这个现成的套话与检查清单上画勾的齿轮机制。他所面对的是片未知的地域。

在此之后，他清了清喉咙，呼叫位于圣但尼[1]的生物医学署。我们暂时进行到这一步。

---

① 塞纳-圣但尼省位于巴黎的东北部，是巴黎近郊的省份。

街道也很寂静，寂静而颜色单调，正如世界上其他一切。灾难蔓延到那些元素、地点、物品上，一场瘟疫，仿佛所有的事物都服从这天早上在山崖后面所发生的事，这辆全速撞在电线杆上的五颜六色的面包车和这个头朝前被抛向挡风玻璃的小伙子，仿佛外界吸收了车祸的撞击力，吞没了余震，抑制了最后的颤动，仿佛冲击波的振幅降低了，被抻平了，弱化了，最终变成了一条平直的线，这条简单的直线冲入宇宙间，与其他所有直线混合，融入数百亿条组成世界残暴的直线之中，融入到这个悲伤与毁灭的线团之中，在视野可到达之处，什么也没有，没有一丝光线，没有鲜亮的色彩、金黄或胭脂红，没有从一扇打开的窗子传出的歌声——跳跃的摇滚歌曲或让人笑着反复唱起的叠句旋律，欢乐的同时也为将这么多情的歌词熟记在心而有点儿不好意思——没有咖啡气味、花香或作料香，什么也没有，没有一个脸色红润的孩子追逐皮球或蹲在地上、下巴抵在膝头、目光紧跟便道上滚动的弹球，没有一声叫嚷，听不到任何人的高声呼喊或恋爱的私语，没有婴儿的啼哭，没有一个平日可见的活人，在一个冬日早晨做着简单、庸常的举动；没有任何东西来冒犯玛丽安娜的悲伤，她就像个机器人一样前进着，无意识地移动脚步，动作模糊。在这个不幸的日子。她低声重复着这几个字，不知道它们从何而来，她盯着自己的靴子尖念叨着，仿佛这句话配合着靴子柔和的敲打声，这规则的响声让她不必去想她此刻只有一件事可做：一步，一步，再一步，然后坐下，喝东西。她朝着这家咖啡店走去，知道他们周日也营业，她用尽全力走到了这个庇护所。在这个不幸的日子，我祈求你，哦我的上帝。她一遍遍地轻声说着这句话，缓慢清晰地吐出每个音节，仿佛用手拨弄念珠串上每一颗念珠，她有多长时间没出声祈祷了？她真想一直这样走下去，永不停步。

她推开门。里面很昏暗，疯狂夜生活的遗迹，冷却烟灰的表象。巴颂[①]。“双耳瓮的窃贼在小河湾深处。”[②]她靠近柜台，隔着吧台往里探身，她很渴，不想等，有人吗？一个男人从厨房走出来，他高大粗壮，穿着一件贴身棉质套头衫，宽松牛仔裤，乱蓬蓬的头发仿佛刚从床上跳起来，有人，有人，一来到她面前便打起精神一本正经地问，小姐想喝点儿什么？一杯金酒——玛丽安娜的话轻得只能让人勉强听见，仿佛一声喘息。男人用戴着戒指的双手将头发向后理顺，然后边冲洗一只玻璃杯边瞟着这个女人，他知道以前见她来过：最近好吗，小姐？玛丽安娜掉转目光，我去坐下了。屋内墙上挂的那面斑驳的大镜子中映出一张她难以辨认的脸，她转过头去。

不能闭眼，听听歌，数数吧台上方的酒瓶，观察那些杯子的形状，解读四处张贴的小广告上都写了些什么，“那里仍萦绕着你的回声。”制造假目标，转移暴力。建立壁垒，阻挡此刻急速形

---

① 阿兰·巴颂（Alain Bashung，1947—2009），法国著名的词曲作者、歌手和演员。

② 阿兰·巴颂的歌曲《夜晚，我说谎》中的歌词，下同。

成并如一波接一波的浪潮般向她涌来、向她狂轰滥炸的西蒙的形象，想要驱赶，可能的话大脚踢开，然而她已经开始进入回忆模式，十九年的一幕幕，一个庞然大物。她用竹竿一头挑起这一切。从她在雷佛尔的小窝提起西蒙那一刻起，喷出的记忆洪流已经在她胸中积聚了一种难以控制、难以缓解的疼痛，为此必须在大脑中定位记忆，将一种麻醉液体用针管注入其中，针尖用一台高精度电脑导向，然而她在这个位置只能找到行动机制、回想的能力，因为玛丽安娜所不知道的是，记忆从属于整个身体。“我在这个头颅中度过了一季。”

她得思考一下，她得集中精神，理顺思路，她得在尚不知情的西恩到来的时候说出一个清晰的句子。她得提供一连串能让人听懂的命题。第一，西蒙出车祸了；第二，他处于昏迷状态——喝一大口金酒。“狐犬的驯养人，水道桥的爆破者。”第三，情况是不可逆的——她咽下那口酒，想着这个她将不得不说出的词，不可逆，将事物的状况凝结为晶体的三个字，她从未说过的三个字，坚称生活是持续的运动，任何情况都有反转的可能，没有什么是不可逆的，没有，她平日里总是这样说——这时她会用一种轻松的口吻，丢出这句话，仿佛轻柔地摇晃那个泄气的人，没有什么是不可逆的，除了死亡、残疾，可能这时她会快速转个身，做个旋转的动作，可能她会跳起舞来。但西蒙，西蒙不是。西蒙，是不可逆的。

屏幕上西恩的面容——那双印第安人眼皮下细缝般的眼睛——在手机上亮起。玛丽安娜，你找我。她瞬间化成泪人——

疼痛的化学反应——说不出一个字，而他又发声了：玛丽安娜？玛丽安娜？他也许以为是海水在狭窄港湾发出的回声模糊了他的听觉，他也许将声波的干扰音和口水、鼻涕、眼泪的声音搞混了，而她这时咬着手背，被这声音旋即在她心中激起的强烈感觉吓呆了，这个她如此深爱的声音，这个对她来说无比亲切的声音，但在此刻却赫然变得陌生，陌生得可怕，因为它展现出一个西蒙尚未出事以前的时空，一个在这个空荡咖啡厅光明年代完好无损的世界；这个声音现在是如此不和谐，搅乱了天地，撕裂了她的大脑：那是个往昔的声音。玛丽安娜听见这个男人呼唤她，自己却泣不成声，被物是人非的情感击穿，因无法回到过去而痛楚万分——有一天她得弄明白时间朝哪个方向流逝，它是直线的还是快速的呼啦圈回旋，它是不是环形，如贝壳卷起的纹理，它会不会犹如合拢的浪管，将大海和整个宇宙都吸入它那晦暗的内部，是啊，她得搞清楚不断经过的时间是由什么构成的。玛丽安娜紧紧握着电话：害怕讲话，害怕毁掉西恩的声音，害怕它从此失去这回放的效果，从此无法再让她体验西蒙尚未处于不可逆状况以前的那个消失的时空，然而她知道她必须终止这声音的时间错乱，将它重新定位在悲剧的当下，她知道她别无选择，而当她终于开口说话时，她的表达既不具体也不明确，如此前言不搭后语，以至于他丧失冷静，几乎惊慌失措了——出事了，出大事了——西恩开始质问她，恼火了，是西蒙？西蒙怎么了？是冲浪吗？在哪儿出事了？在音频的质感中呈现他的面孔，如电话屏幕上的照片一般清晰。她想象他可能推测是溺水，于是做了修正，一个一个的单词变成了句子，这些句子又渐渐组织在一起，具有了含义，很快她便把自己知道的事情原委都抛了出来，闭上眼睛，将手机平放在自己胸骨上，里面传出西恩的喊声。随后，她振作精神，把详细情况一股脑儿都告诉了他，对，他们给西蒙做了存活率评估，他处于昏迷但他还活着，西恩，此刻像她一样，也已面目全非，答道，我来了，两分钟后到，你在哪儿？——而他的声音此刻已经叛变，加入到玛丽安娜一边，这声音穿透了区分幸运儿和苦难者的那层脆弱的薄膜：等着我。

玛丽安娜强打着精神告诉他咖啡馆的名字，这个港口城市第N家巴尔托，她描述了地理位置——她第一次迈进这道门槛是在一个瓢泼大雨的日子，当时是十月份，四个月以前，她正在写一篇文章，是国家文化遗产署约的稿，为此她坚持要看看圣约瑟夫教堂、奥斯卡·尼迈耶的火山[①]，佩雷楼的一个样板套间，她喜欢这些混凝土建筑的动感和造型的激进性，但她的记事本开始进水了，一走到吧台，湿淋淋的她便灌下一杯纯威士忌：西恩那时已经开始搬到厂棚睡了，他离开公寓的时候什么也没带走。

她看见对面镜子里自己的轮廓，然后是自己的脸，这么长时间、这么多沉默的堆积之后他将看到的脸，她曾久久地想象这个时刻，对自己许诺这一刻她将会非常美丽，呈现出她最美的样子，让他着迷，或至少让他感动，但此刻的泪痕使她的皮肤紧绷，脸上干燥得仿佛戴着一副黏土面具，在她微微翕张的肿胀眼皮下，他爱专注凝视的那汪绿色显得过于苍白。

---

① 由巴西建筑师奥斯卡·尼迈耶（Oscar Niemeyer）设计建设的一座火山形剧院。

她一口干了这杯金酒，这时他来了，站在她面前，憔悴、备受打击，微小的木屑散布在他的头发里，嵌在他衣服的褶皱里和套头毛衣交织的网眼里。她猛地站起身，椅子向后翻倒——砸在地上——但她没有转身，面对着他站立，一只手平摊在桌面上以支撑她摇晃的身体，另一只手垂在体侧，他们对视了几分之一秒，然后跨出一步相拥在一起，那是倾尽全力的一抱，仿佛两个人要将自己挤入对方的身体，头靠着头脑壳都要裂了，肩膀在胸廓的压力下几乎要碎了，这样持续地搂着胳膊也感到疼痛，他们混合在围巾、上衣和大衣之中，那是个要对抗龙卷风的合体一抱，是个要从高处跃下前的终极一抱，反正是个世界末日的玩意儿，与此同时，就在此刻，这也是将二人重新连接的一个动作——他们的嘴唇相互碰触——突出也消除了他们之间的距离，当他们从这拥抱中抽身时，当他们最终放开对方时，他们像海难幸存者一般神情木讷、精疲力竭。

一坐下，西恩拿起玛丽安娜的酒杯闻了闻。金酒？玛丽安娜笑笑——做个鬼脸——向他展示一下菜单，然后开始对他读出在这个星期天他可以点的所有午餐菜肴，比如奶酪火腿三明治、鸡蛋火腿三明治、佩里戈尔沙拉、鳕鱼炖土豆、原味鸡蛋饼、普罗旺斯面包片、香肠薯条、焦糖布丁、香草布丁、苹果饼，如果可以她情愿将整个菜单从头读到尾，然后再从头读起，好尽可能推迟再度披上乌鸦羽衣的那一刻，这黑暗与泪水的羽衣。他看着她，任她这样什么也不说，然后终于失去耐心，抓起她的手腕，用他的手铐住那纤细的肢节，挤压着动脉，拜托你别念了。他也叫了一杯金酒。

此时，玛丽安娜用勇气将自己武装了起来——武装，是的，正是这样，从他们那一抱开始一种赤裸裸的攻击在她四周不断蔓延，她抵御着这一切，好像一个人在面前晃动刀刃好保护自己一样——笔直地坐在座椅上宣布了她事先准备好的那三条命题——目不转睛地盯着某个地方。当他听到最后一条——“不可逆”——时，西恩摇起头，面部抖动、扭曲变形，不，不，不，接着他起身，笨重地撞到了桌子上——金酒从杯子里溢出——向大门走去，胳膊悬在两侧，拳头紧握，仿佛在搬运重物，这个男人看上去就好像是要出门揍人，而且已经出发去找对方了，一走到门外，他猛然转身，朝他们那张桌子走去，在地面上光线的轨迹中前进，他背光的身形笼罩着一层灰色的晕影：他的脚每次敲打地面，包裹在他身上的锯末就向空中蒸腾。他的身体在冒烟。而且，他仿佛发起进攻一般上身前驱快步向前。一走到桌边，他抓起那杯金酒也一口干下，然后对已经开始系围巾的玛丽安娜嚷道：来。

病房浸在朦胧中，地面反射着百叶窗之间阴沉的天空，如此，要看清那些机器、陈设和房间的居住者需要让眼睛先适应环境。西蒙·兰博尔在这里，躺在一张床上，一条双层白被单一直盖到他的胸部。他在呼吸机的辅助下呼吸。被单在他每次吸气时都微微抬起，微弱却可察觉的运动，他看上去就像睡着了。部门的嘈杂仅能以闷声渗入，而各种电动设备持续的震动只会将寂静旋拧成绵长的低音并加以烘托。这就像个病人的卧室，是的，如果没有窗帘透过的半明半暗，我们真可以这么认为，这隐居的感觉令此地仿佛位于医院之外，一个解除压力、不会再出现变化的洞穴。

他们在车里没有对话，什么也没说，此时还没有什么可说的。西恩将自己的车留在了咖啡厅前——一辆塞满他制作的小快艇和西蒙四处借来的冲浪板（短板或鱼板）的老旧旅行车——他坐上玛丽安娜的车，第一次坐她的车，她开车的两条前臂相互平行，直得好像火柴棍，而西恩的脸一直对着车窗一侧，不时对交通状况发出一句评论，通畅——车流很配合他们，急着将他们带到儿子的床前，但这车流从电话的第一声响铃开始，也同时将他们推向灾难的深渊，不可能有任何退路：没有任何东西对他们前往医院的行程造成阻碍或延迟。当然，他们二人的脑海中同时闪现了戏剧性转机的念头——超声波扫描图颠倒了、照片分发不当、出现误读、化验单结果打字出错、电脑故障，这些情况都可能发生，对，就像妇产科偶尔会把两个新生儿对调，或者被推到手术室的并不是等待手术的病人，医院不是个滴水不漏的地方——但他们却不能真的相信，更无法向对方敞开心扉，这时表面平滑的玻璃建筑逐渐在他们眼前胀大，直到涌入挡风玻璃，他们此刻在那间病房中缓慢摸索了。

玛丽安娜朝西蒙走去，尽可能靠近这个身体，她从没发觉它有如此之长，她许久没有对它如此靠近——出于害羞，西蒙开始将浴室的门上锁，怒气冲天地要求以后进他的卧室必须先敲门，或者在房间里穿梭时裹着浴巾，像个少年和尚。玛丽安娜俯身接近儿子的嘴，好能够感觉到他的喘息，将自己的一侧面颊贴在他的胸膛上，好倾听他的心跳。他在呼吸，她感觉到了；他的心在跳，她听到了——她此刻是否想到一个秋日的下午，她在奥迪昂超声检查中心听到的那最初的心跳，当屏幕上的光点显示出身形时那最初猛烈敲击的马蹄声？她直起身。西蒙的头顶上围着一圈绷带，面庞完好无损，的确，但他的容貌是否还在呢？这个问题刺痛了她，她仔细查看儿子的额头、眉弓的棱角、眉毛的轨迹、眼皮下眼睛的形状——眼内角的小块皮肤平滑而凹陷——同时她认出那高高的鼻梁、丰盈微翻的嘴唇、凹陷的脸颊、盖着一层纤薄胡须的下巴，是的，这些都在，但西蒙的容貌，他体内的所生所想，他的活力，所有这些还会回来吗？她打了个晃，腿发软，一把扶住这张带小轮子的床，输液管抖动了一下，她四周的空间在摇摆。西恩的轮廓仿佛隔着被雨滴打湿的窗玻璃，开始变得模糊。他靠近床的另一侧，走到玛丽安娜对面的位置，此刻他拾起儿子的手，同时从他冰冷的腹窝到他微启的唇间艰难地送出他的名字："西蒙，我们来了，我们在你身边，你听见了吗？西蒙，我的儿子，我们来了。"他将前额靠在平躺着的年轻人的前额上，他的皮肤还是热的，这是他的气味，毛线与棉布的气味，大海的气味，他或许开始低声说起那些属于他们自己的话，那些别人都听不见、听不懂的话，波利尼西亚群岛古老的儿语，或那些穿越了语言厚重的历史而不曾改变的玛那[1]词汇，原始烈火中烧红的石块，这浓稠而缓慢的材质，这永不枯竭的智慧，这一切持续了两三分钟，随后他直起身，与玛丽安娜目光交错，他们的手在儿子躯干的上方轻轻碰触，这个动作令少年身上的被单滑动了几分，露出这块他们从未触摸过的毛利刺青——始于肩膀，蔓延至锁骨窝，再扩展至肩胛骨的植物图形——西蒙十五岁那年夏天在巴斯克地区参加一个冲浪夏令营时在皮肤上留下的标记，借以宣示他对自己身体的绝对处置权，如果西恩（整个后背都覆盖着文身）平静地询问他这一刺青的含义、花纹和位置的选择，试图理解他是否通过这个文身对自己眼部流露的混血特征做出回应，玛丽安娜却对此难以接受，西蒙这么年轻，她生气地对他说，你这个的文身，你知道是一辈子的事吗？朝她飞回的是这个词：不可逆。

---

① 玛那（mana）此一名词在大洋洲诸语系中被普遍地使用，此概念被认为是无人格的力量，等量地存在于人类、动物甚至非动物的物体当中。根据人类学的归纳，玛那话语的功能在于解释为"被视为构成魔法的基本要素；同时也是灵魂的组成成分"。

雷佛尔静静地走进房间。西恩转过身对他喊道：我听见他的心在跳——此刻各种机器的嗡嗡声仿佛瞬间变强了——随后又再次追问：他的心在跳，不是吗？是的，雷佛尔坚定地说道，他的心在跳，但那是在机器的帮助下。片刻之后，当他准备离开房间时，西恩再次截住他：为什么没有在送到医院的时候马上动手术？医生这时察觉到那种攻击性的火药味，转变为愤怒的绝望，况且这个父亲刚喝了酒，雷佛尔从他的呼吸中闻到了，如此他谨慎地作出了解释：当时做手术是不可能的，先生，脑出血已经过于严重，程度过高，西蒙一入院就做了紧急扫描，结果清楚地显示，已经太晚了。或许是在灾难中的这种不容置疑的确信，这种难以动摇的冷静让人感到一丝高傲，就在机器的震颤更加剧烈时，西恩骤然提高了声调，破口大叫：你们根本就没努力！雷佛尔撇了撇嘴，一声没吭，想要申辩几句，但感到最好还是闭嘴，就在此时有人敲门，不等回答，考尔德莉亚·乌尔开门走了进来。

这个女护士才刚在脸上扑了点凉水，又喝了杯咖啡，这时带着某些女孩熬完夜第二天会有的那种美。她用一个淡淡的微笑向玛丽安娜和西恩问候，然后全神贯注地靠近病床。我现在要给您量体温。她对西蒙说。雷佛尔僵住了。玛丽安娜和西恩目瞪口呆。女护士背对着他们，轻声低语，就这样，好了，然后她看了看荧光屏上的血压并告诉他，我现在要检查一下您的导尿管，看看您有没有小便——她表现出一种令人难以承受的温柔。雷佛尔瞥见玛丽安娜和西恩面面相觑的惊愕目光，犹豫要不要打断女护士的工作，命令她出去，最后还是选择采取行动：我们应该去我的办公室谈谈，请你们跟我来。玛丽安娜被他的话突然惊醒，抗拒着，不想离开这个房间，我要留在西蒙身边——几缕头发悬在她脸前，伴着头部无依无靠地摇摆晃动着——西恩开始和她一起逡巡不前，但雷佛尔坚持着，来吧，你们的儿子现在需要接受护理，你们可以待一会儿再回来看他。

再一次那迷宫，纵横交错的楼道，再一次那些工作的身影，回声，等候，确认无误的输液，安排服用的药品，正在测量的血压，尽心尽力的护理——清洗身体、褥疮处理——开窗通风的病房，换过的床单，清洗了的地面，再一次雷佛尔和他笨重的步伐，再一次在他背后飞扬的白大褂双襟，那狭小的办公室和冰冷的椅子，再一次那张旋转扶手椅和此刻在他掌心转动的玻璃球。这时托马·雷米日敲了敲门，没等回答就进来了，他向西蒙·兰博尔的父母作了自我介绍，说明了自己的职务——我是护士，在这个部门工作——然后他将一把圆凳推到雷佛尔旁边，坐了下来。此刻，他们四个人坐在这个局促的空间，雷佛尔感到必须加快速度，因为这里太憋闷了。于是，他认真地一个接一个地注视他们，这个男人和这个女人，西蒙·兰博尔的父母——再一次，目光成为了言语的担当——这时他肯定地说：西蒙的大脑已经不再显示任何活动了，刚出来的三十分钟脑电图呈现出一条直线，西蒙已经处于过度昏迷。

皮埃尔·雷佛尔身体坐直，挺起腰背，探出脖子，仿佛要加速运转一般将肌肉收紧，好像这一刻他鼓励自己，好了，别再兜圈子了，得冲上去了。可能就是这个动作让他超越了玛丽安娜的颤抖和西恩的吼叫，他们二人都明白“过度”这个词，知道逼近结局了，而那宣告的急迫性对他们来说如此不堪忍受。西恩闭上眼睛，将头歪向一侧，用食指和大拇指捏着双眼的内角，低声说，我要确信，你们已经尽了一切努力，雷佛尔轻柔地对他保证：车祸的撞击过于猛烈，西蒙今早入院时已经毫无希望了，我们当时把他的扫描照片传给了神经外科专家，他们遗憾地确认，外科手术也无力回天，我向你们保证。他说到“毫无希望”时，夫妻二人凝视着地面。他们的内心地裂山崩，忽然，为了延后那结语到来的时间，玛丽安娜插话道：就算这样，但昏迷的人也能醒来，有人甚至在多年以后苏醒，这种例子很多，不是吗？她的脸因这个念头而发生变化，一缕亮光，她的眼睛也随之睁大，对呀，昏迷这种事，有很大的不确定性，她知道，多年昏迷后苏醒的故事不在少数，在各种博客、论坛广为流传，都很神奇。雷佛尔目不转睛地与她对视，坚定地答道：不是——这个要命的词。他接着说：您儿子大脑的外界关联功能，换句话说他的意识、感觉和活动力都消失了，同样，他的植物神经功能、呼吸和血液循环都只能靠机器维持——雷佛尔一句接一句，仿佛他是在累积证据，他的话语罗列事实，在每个信息后面停顿片刻，同时他的语气渐渐升高，以此提醒对方坏消息正在聚集，在西蒙的体内堆积，直到词句枯竭，最终停止，陡然间在它的前面展现出一片空白，仿佛空间的解体。

——西蒙处于脑死亡的状态。他过世了。他死了。

当然，在吐出这样一个东西以后，需要喘口气，需要暂停一下，让内耳的振荡稳定下来，免于瘫倒在地。所有的目光都散开了。雷佛尔没有理会腰带上发出的哔声，打开手掌，查看那只被他的手焐热的橙色玻璃球。他如失血过多般筋疲力尽。雷佛尔向这个男人和这个女人宣布了他们儿子的死讯，没有清嗓子，没有降低音量，说出了这几个词，“过世”这个词，甚至还有“死”这个词，这些词将身体的状态凝结固化。然而，西蒙·兰博尔的身体并不是僵硬的，问题在这儿，而这一表象违背了人们对尸体的观念，因为说到底，它是热的、鲜艳肉红色的、活动的，而不是冰冷、蓝色、一动不动的。

雷佛尔用余光观察玛丽安娜和西恩——她任由自己的虹膜被天花板上的黄色荧光灯管灼烧，而他则将前臂压在大腿上，俯身面对着地板，头缩在肩膀之间——他们在西蒙病房里都看见了什么？当他们无法在西蒙损毁的内部与他平静的外部之间建立联系，他们凭借那双无知的眼睛又能做出怎样的设想呢？他们孩子的身体没有任何能见度，没有表现出任何令人能够通过对身体的解读做出诊断的体征——这让人想到奇妙的“巴宾斯基反射”，仅凭对足底的刺激就能检测出脑部疾病——它躺在那里，对他们是看不透的，沉默的，像一个保险箱一般封闭着。雷米日的手机响了，对不起，他一跃而起，立刻挂断了手机，重新回到座位上，玛丽安娜打了个寒战，西恩却头也不抬，静止不动，拱起的背部宽阔而黑暗。

雷佛尔将他们保留在他的视野中，他用目光包围着他们，眼神如同镜头对着他们移动，这两个人比他年轻一些，都是六十年代末生人，他们生活在地球上一个预期寿命很长而且还在持续延长的地方，在这里，死亡已经脱离大众的视线，从日常空间抹除，统统排放到医院，在那里由专业人员负责管理。他们是否曾亲眼见过一具尸体呢？是否曾为一位老祖母守过灵，捞起过一个溺死的人，陪伴过一个弥留之际的朋友？他们是否曾在《逝者之证》《犯罪现场调查》《六英尺下》这些美国连续剧以外的地方见过一个死人？雷佛尔，他喜欢时不时参观一下这些电视里的太平间，在那里出没的是急诊医生、法医、装殓师、遗体化妆师和科学刑侦行业的泰斗，其中有不少高挑性感的姑娘——最常见的是一个随时随地暴露着自己舌头上穿刺的哥特风格人物，或者是一个金发女郎，外表典雅但患有躁郁症，总是渴望爱情——他喜欢聆听这个小世界在那具以斜线横贯蓝光荧屏的尸体周围喋喋不休，倾诉心事，肆无忌惮地调情，甚至埋头工作，挥舞着镊子端部的一根体毛，用放大镜窥视着一个脓包，在显微镜下分析着一个口部黏膜取样，并提出几种假设，因为总得拖够时间，因为总得对夜晚有个了结，因为总得快速澄清表皮上留下痕迹的来源，试着解开肉体的谜题，只有它能够说出受害人是否曾前往夜总会，吸吮甘草口香片，大吃红肉，喝过威士忌，害怕黑暗，染过头发，触摸过化学药品，与不同伙伴发生了多次性行为；是的，雷佛尔有时喜欢看这些剧集，然而对他来说，这些连续剧与死亡无关，尽管那具尸体占据着整个镜头，覆盖着屏幕，被观察、切割、翻过来掉过去，但那不过是个道具，只要它没有全部道出自己藏有的所有秘密，只要它身上还存在叙述的、剧作的可能性，一切都让人觉得它在与死亡保持着距离。

西恩和玛丽安娜依旧没有任何举动。是消沉，是勇气，还是尊严，雷佛尔不得而知，其实他等待的是他们的爆发，跳上他的办公桌，将他那些纸片撸得四处纷飞，掀倒他那些破烂摆设，甚至打他骂他——混蛋，臭大粪——他们有理由变得疯狂，以头撞墙，愤怒地咆哮，然而与此相反，这里发生的一切都让人觉得这两个人此刻正慢慢地脱离人类世界，向着天涯海角迁徙，告别一个时间和一个地域，开始了星体的漂移。

当那绝对纯粹的东西——死亡，最纯粹的绝对——已经过变革、重组，化为身体的不同状态，他们怎能想象自己儿子已经死了呢？因为生命存在的证据不再是胸腔内敲击的节奏——一名战士卸下头盔，俯身将耳朵贴在横卧于战壕底部污泥中战友的前胸上——确定活人的标准不再是口中呼出的喘息——一位湿淋淋的游泳救生员对一位面色发绿的少女进行口对口人工呼吸——而是带电的大脑，带着激活的脑电波，最好是贝塔波①的大脑。他们怎能想象西蒙的死呢？毕竟他的肉体依旧是粉红、柔软的，毕竟他的后颈沐浴在清新的蓝水芥间，他平躺着，双脚在菖兰丛中②。雷佛尔在大脑中搜寻他所记得的那些尸体的艺术造型，全都是耶稣的形象，十字架上惨白的身体，被带刺的王冠划破的额头、钉在黑色亮泽木架上的手和脚；或者是被放下来的耶稣，头向后仰，

---

① 由大脑所产生的电流脉冲，称之为“脑波”。脑波依频率可分为四大类：β 波（有意识）、α 波（桥梁意识）、θ 波（潜意识）及 δ 波（无意识）。

② 法国著名诗人阿蒂尔·兰波（Arthur Rimbaud）《山谷的沉睡者》中的诗句，作者有所改动。

眼睛半闭，青灰而瘦削，胯部围着一条曼特尼亚①式的单薄盖布，是小霍尔拜因②的《墓中的基督》——一幅写实主义如此强烈的作品，以至于陀思妥耶夫斯基警告信徒们：看到它，他们只怕会丧失信仰——雷佛尔想到的是这些国王、主教、尸体做了防腐保存的独裁者、这些电影特写镜头中倒在沙地上的牛仔，随后他又记起切·格瓦拉的那张照片，与耶稣受难像有得一比，也睁着眼睛，被玻利维亚政府以一种病态的形象示人，但雷佛尔从中找不出与西蒙有任何相似之处，找不出与这个完好无缺、没有流血、平静的运动健将的身体有任何相似之处，他看上去就像是一个正在休息的古希腊少年神祇，他仿佛在睡觉，仿佛还活着。

他们就这样坐了多长时间？在死亡通告后，坍塌在椅子边上，陷入一种他们的身体至今从未体验过的精神历程中。他们还需要多长时间才能走进丧期？当前，他们所感到的东西找不到任何翻译，却以一种语言产生之前的语言将他们击毙，那是一种不可分享的语言，一种先于词汇和语法的语言，那也许是痛苦的另一个名字，他们无法从中抽身，无法用任何描述取而代之，无法对其形象进行构建，他们既与周围的世界，也与他们自身隔绝开来。

托马·雷米日坐在雷佛尔旁边的金属凳子上，双腿在高处交叉，保持沉默，可能他这时与雷佛尔想着同样的事，眼前显现的是同样的景象。他将自己那盒火柴收好，随他们一同等待，时间

① 安德烈亚·曼特尼亚（Andrea Mantegna，约1431—1506），意大利画家。
② 小汉斯·霍尔拜因（Hans Holbein der Jüngere，约1497—1543），德国画家，擅长油画和版画。

在流逝，绞碎的脑浆和无声的喊叫，然后雷佛尔起身，高大而苍白，他的长脸显得十分过意不去，示意他得离开了，有人在等我，于是托马·雷米日独自留在兰博尔夫妇身边，他们两人没有起来，但相互靠近了些，肩挨着肩，无声地哭泣。托马等了一会儿，随后用充满关切的口吻问他们是否想回到西蒙的病房。他们不做应答地站起身，托马在他们身后跟随，但一走进楼道西恩便摇头道，不，我不想去，我去不了，现在不行，他大口呼吸，肺部涨满、前胸高挺，一只手捂在嘴上，玛丽安娜钻到他的肩膀下——要搀扶他，要在这里寻求庇护——三个人就此止步。托马走近对他们说：我在这里就是要陪伴你们，协助你们；如果你们有什么问题，请提出来。西恩激动得讲不出话，然后——他从哪里找到了讲话的劲头？——他径直脱口而出：现在要干什么？男护士吞了一口唾沫，西恩则顺势继续，声音因倔强和悲痛而破损：没有希望了为什么还要把他留在重症监护部？你们还在等什么？我不明白。玛丽安娜头发散落在面部，目光呆滞，恍惚中的她似乎什么也没听到，而此刻的托马要寻找一个出口，给出一个回答：西恩的问题刚刚斩断了原有工作规程的节奏，这一规程旨在阻滞悲剧的急迫性和死讯的残暴，促进时间的延展、令人可以从容不迫。但这是一个他必须要面对的呼喊。他决定现在就跟他们谈谈。

考尔德莉亚·乌尔轻轻拍打西蒙枕头的四周，将被单平抻到他的胸前，拉上窗帘，走出房间时将门带上，在楼道里沿着曲线朝前台走去——这件窄瘦的工作服真可恶，此刻她真希望这长褂子能再宽敞些，让她听到褶皱的沙沙声，感觉到衣襟轻抚她那受过磕碰的膝盖，她深知柔韧、灵活的膝盖。路上，她将手探入衣服口袋，攥起手机：没有短信。没有。什么也没有。十四点四十分。他应该是在睡觉，他睡着。他仰卧在某个地方，裸露着上半身，无牵无挂。她笑了笑。不能打电话。

重新提上内裤，系上扣子，腰间的皮带扣重新调好，他们面对面站在便道上，好了，好了，我得走了，哇很晚了，嗯应该说很早，不是吗？是啊，拜拜，一个留在脸颊上的亲吻，一个善意的微笑，然后他俩就以恰当的慢板分离了——柔美的摇摆舞步，臀部翘起，单脚旋转——沿着同一条直线渐行渐远，直到各自融入黑暗。考尔德莉亚开始走得很慢，像个五十年代的童星一样鞋跟踩得很响，裹在一条铅笔裙中，大衣领子被扣在颈部的手攥紧，她没有回头，绝对不能回头，但一转过街角便仰面朝天自转起来，风灌进嘴里，双臂展开好像苏非苦行僧的旋转舞，接着沿着她的路线开始奔跑，在一个个街区之间全速穿梭，时不时大跨步跳过一个排水沟仿佛她必须得跨过一条河，她的手臂犹如飘带般起伏摆动，黑夜的冰冷抽打着她的面庞，寒气从她此刻敞开大衣的衣襟之间涌入，而这感觉真的很好，她感觉自己美丽、轻巧，从那一刻起至少长高了二十公分，从他们在垃圾桶之间跌跌撞撞的那一刻起，从她内裤滑落到地上、他手里攥着阴茎、手掌以恰到好处的弧度将她抵着墙抬起那一刻起，从她踮起一只脚尖、将另一条腿的膝盖在胸前弯曲那一刻起，那时她将他拉近，他的阴茎在她体内，舌头占据着嘴巴如同火焰占据着烤炉，牙齿最终开始咬啮，她边跑边笑，外冷内热的放肆小妞在全世界面前过火地扮演着孤胆女英雄、城市中的亚马逊女战士，对自己的欲望勇于担当，对自己的行为有所控制，她走在刮着风的大路上，在凌晨五点僻静冷清的街道上，快步疾行，无视在她身旁减速的汽车，降下车窗喷出一句脏话，上车吗骚货？她消耗着空间，燃烧着，以至于她忘了横穿埃特雷塔路，就在这时克里斯托弗驾驶的客货两用车从她左侧的四道十字路口闪出，在便道边刹车，车身上的壁画在她面前展开——身着三角比基尼的加州冲浪女郎们似乎朝她眨了眨眼，向她这个可能的姐妹投来一个微笑——几步以后她已身在家中，埋在鸭绒被下，闭上眼却睡不着，对长久以来令她不得安生的这个家伙她没有提任何要求，没有问任何问题——勇敢的姑娘。

她进入鱼缸似的玻璃办公室中，看见一把椅子，她瘫倒在上面。困意袭来。几条小丑鱼在电脑屏幕上游来游去。她又去掏手机。啥也没有。当然，啥也没有。一个她不打算违背的默契，就算是用金山作交换。她觉得，即便是用轻松的口吻、快速的语调，说出的任何一个词也只能让人感到黏稠、做作、沉闷，说出的每一句话都只会流露出她焦虑的内心、傻瓜的多愁善感。什么也别做，灌下一杯咖啡，吞食几粒干果和一小管蜂王浆，别干蠢事，将手机关机。妈的，我累死了。

皮埃尔·雷佛尔走进来时她正歪着头对着特效拍摄程序的窗口查看脖子上紫色的印记，见到屏幕上出现他的脸——像一个地铁里偷看邻座报纸的不得体的阅读者一般俯身将头探到她肩膀上方，她叫了一声。您跟我说，您刚开始在这个部门工作？雷佛尔此刻一动不动地站在这个女士身后，她被吓了一跳，在旋转座椅上转个身，感到头晕目眩，我得吃点东西，她将发缕别到耳后，好让她惊魂未定的面容显得更加齐整，对，我两天前开始的，她用一只手利索地整理了一下衣领。我有件重要的事想跟您谈谈，一件您在这里需要经常面对的事情。考尔德莉亚点点头，好的，现在就谈吗？不需要很长时间，与刚刚在病房里出现的情况有关，但就在这时，嗡嗡，考尔德莉亚的手机在她的衣兜里震动起来，她仿佛触电一般骤然间全身绷紧，噢，不，不是吧，妈的！雷佛尔弓着背倚靠在一张桌子边上，开始说话，他低头面朝地板，双臂在胸前交叉，双腿也用鞋跟拄着地相互交叉，您刚刚见到的那个男孩处于脑死亡状态，嗡嗡，雷佛尔表述清楚明白，但他的话在考尔德莉亚听上去好似一种外语的语音练习，无论她如何倾尽全力将精神集中在这张面孔上并将大脑维持在这滔滔不绝的声音轴线上，一切都让她觉得自己仿佛在逆流游泳，对抗着以固定间隔沿着她胯部涌出的热波，嗡嗡，流淌在她大腿的沟壑中，流淌在腹股沟内，她对抗着，想要回到这个男人一边，但他却离她越来越远，仿若被激流打沉了，他越是解释，他的声音就愈发难以听清：就是说，这个年轻人死了，然而这一死亡的现实对亲属来说是很难理解的，身体的表象令这一断言显得混乱，您听懂了吗？考尔德莉亚努力听着，说出一个听懂了，就像随手捅破一个肥皂泡，我能看见，但她却看不见，这个抓狂的女孩，她大脑里是惊慌失措的，嗡嗡，电话无休止的抖动此刻牵出一串他们的情爱画面，昨夜电影的截图——那张伸到她后颈的柔软的嘴，那温热的呼吸，这时她的前额、面颊、肚皮和乳房紧贴着墙面，因为连续在石灰墙颗粒和凸出的石头上磨蹭而发红，而他此刻站在她的后面，她用双手紧扣他的臀部，好让他尽可能更靠近，更深入，更猛烈——嗡嗡，最后一次震颤，结束了，她没眨一下眼，吞口唾沫，用僵硬的口吻回答对，我完全明白，以至于雷佛尔向她投去一个友善的目光，然后总结道：您在护理一个脑死亡患者的时候，不能像您刚才那样说话，他的父母都在房间里，在这个非常情况下对他们来说这是一个矛盾的信号，您从护理角度说出的这些话干扰了我们向他们传达的信息，当时的情况已经够残酷的了，您同意吗？同意——考尔德莉亚的声音仿佛是在受刑，她只等着一件事，雷佛尔消失，快滚吧，现在就滚开，好了我明白了，但她猛然抬起头，猝不及防地反驳道：您没有让我一同参与患者的照管工作，您独自见了他父母，咱们不能这样工作。雷佛尔惊讶地看着她：啊？那咱们应该怎样工作？考尔德莉亚向前一步，给出了回答：应该以团队的方式工作。沉默在延续，他们对视着，然后医生重新站直：您脸色苍白，他们告诉您休息室在哪儿了吗？那里有饼干，要注意，在重症部干十二小时，这可是长跑，要有足够的耐力才行。对，对，我知道。雷佛尔终于自觉离开了，考尔德莉亚将手探进衣兜。她闭上眼睛，想到她住在布里斯托尔的奶奶，每周日晚她都要与她通电话，应该不是她，这不是她打电话的时间，她这样对自己说，好让自己信服，如果可能的话她将很愿意在睁开眼查看触摸屏上标出的数字前进行一次测算，她将毫不迟疑地对着轮盘下注，压的是呼叫监控板上显示的房间号，试着将一个纸团投入废纸篓中，或者干脆用硬币猜正反——别犯傻了，你这是怎么了？

考尔德莉亚·乌尔站在房间的中央，挺胸抬头，慢慢打开手指，从一个又一个指关节下揭开刚刚呼叫她的那个号码。陌生号码。她笑了笑，舒了一口气。最终，她不知道自己是否真的希望他现身，不再如此急切想听到他的声音了。她突然变得冷酷，想起他时，她恢复了清醒和调笑的心态。仿佛只有二十五岁，她一想到爱情张力将会带来的这种疲累就心生厌恶，这如山的疲累——兴奋、焦虑、疯癫、不可救药的冲动——自问为什么这种激烈依旧是她生命中最令她着迷的部分，但又立刻斩断思路，不去理会这个问题，仿佛一个人在危急关头撤回了将要迈入沼泽的那只脚，以免陷入泥塘，永无宁日，她需要的是让那个夜晚延续，让自己沉浸在这场节庆的余欢之中。保留女孩子的优雅与嘲讽。到了狭小的休息室，她从橱柜里取出一包覆盆子华夫饼干，包装纸在她贪婪的手指头下面发出丝绸般的响声，然后她慢慢将饼干享用一光。

雷佛尔走在楼道里，朝自己办公室的方向行进，对招呼他的人、递给他表格的人、追着他小跑的人视而不见，三分钟，我他妈只要三分钟，他咕哝着，将大拇指、食指和中指举在空中，同时他的声音满载权威地强调着“三”，而部门的工作人员都认识这个动作，都知道一旦只身回到办公室，这位麻醉师将坠落在那张摇摆不定的电脑椅中，看看手表，打开倒计时——三分钟，一只水煮生熟蛋最理想的用时——他将这独享时光当做一个减压舱，面颊枕着平放在办公桌上半屈的胳膊肘，与幼儿园刚吃过饭在教室午休的孩子一般无二，沉入这凹凸不平的睡意中，让刚才所发生的事暂停，或许眯一觉。疲惫不堪的他用交叉的双臂垫着脑袋，睡着了。人们明白他必须抓住这三分钟的时间：实在是，经过了这么多年——二十七年——为别人催眠，他也为自己研发了一种高效微型午觉技术，尽管其长度要比通常建议的人体充电时间短得多。大家很久以前就知道雷佛尔已经丧失了另一种睡眠，那晚间的、平躺的、深沉的睡眠。在他位于巴黎大街的公寓里，严格地说已经没有卧室了，有的只是一间大屋子，里面的一张双人床被当做茶几，上面摆放着他的唱片收藏——鲍勃·迪伦和尼尔·杨的全套作品——文件纸张和几个长盆，里面培育着可对精神起效的植物——“这是工作需要”，他对为数不多的登门造访者这样说，那些人吃惊地发现这里明目张胆地长着大麻，还有罂粟、薰衣草、虞美人，以及“预言者鼠尾草”，一种致幻植物，他对这一草药疗效撰写的几篇介绍文章被刊登在一些药理学刊物上。

昨天夜里，独自待在自己位于巴黎大街的公寓里，他首次观看了保罗·纽曼的《伽马射线对雏菊状态的影响》[①]——片名预示的是一部植物学科幻片，但电影的内容却展示出另一种力量，其中在幻觉与科学之间勾勒的线索立即将雷佛尔吸引住了。为之感动、完全被征服的他产生了一个想法，为什么不在自己的客厅复制玛蒂达的实验呢？片中的少女将不同计量的镭照射在雏菊上，以便观察在射线影响下它们随着时间在成长和形状方面显露的差别，其中一些变得巨大，另一些憔悴、枯萎，还有一些只是美丽，这个孤独的小姑娘慢慢领会了生物无穷的多样性，与此同时也在世界中找到了自己的位置，在学校举办的一场庆典上她登台断言，有一天某种绝妙的突变可能改善人类这个物种。这之后，雷佛尔若有所思地摊了几个荷包蛋，蛋黄犹如雏菊花蕊般鲜亮，他抓起冰箱门上的一瓶金啤酒，启开瓶盖，慢慢地一饮而尽，然后将自己裹在一条鹅绒被里，睁着眼睛。

雷佛尔睡了。一个笔记本放在手边，好在醒来时记录下梦中看到的影像、动作、剧情和面孔，可能西蒙的脸会呈现在其中——凝固的血中变硬的黑色发缕，肿起的深色肌肤，眼皮的白色拱顶，额头和右太阳穴上覆盖的一块紫色圆晕，致命的污渍——或者乔安娜·伍德沃德的脸，戏中的她名叫碧翠丝·汉斯多佛，玛蒂达那位边缘性人格的母亲，她在庆典结束时突然出现

① 中文译名为《伽马射线效应》。

在剧场中，从阴影中穿着带亮片和黑色羽毛的晚礼服走来，跌跌撞撞，满身醉意，瞪着呆滞的眼睛，手放在前胸，用黏稠的声音喊道：我心盈满，我心盈满。

他们手牵着手跟随在托马·雷米日身后，说实在的，如果他们陪同着他，如果他们服从地再次游走在楼道和隔离间的网络中，如果他们同意穿过所有闸口，打开并用肩膀撑开所有这些门扇，尽管一颗黑色陨石刚刚全速撞上了他们，尽管他们已然精疲力竭，这或许是因为托马·雷米日对他们来说有一种恰当的眼神——这眼神将他们留在生者一边，这眼神本身已是无价之宝。于是，在途中，这两个人的手指相扣，活动着轻咬过的指尖，那些边缘带着死皮的啃噬过的指甲，彼此轻抚着干燥的手掌、指环与宝石，他们无意识地做着这些动作。

这又是医院的另一个处所，一个带家具的巢穴，好像一套样板公寓的客厅：房间明亮，陈设虽然普通却也俏丽———台天鹅绒质感的苹果绿色合成织物沙发，两把朱红色软垫座椅，空白的墙上只有一张康定斯基展览的彩色招贴画——博堡[1]，一九八五年——茶几上摆着一盆长着细长叶子的绿色植物，四只干净的玻璃杯，一瓶矿泉水，一只盛满了散发着橙子和桂花香气混合物的器皿。敞开的窗子用长插销别住，窗帘轻轻摇曳，偶尔可以听到从医院停车场那边传来的进出汽车的噪音，擦破一切的声响是海

① 博堡（Beaubourg）是蓬皮杜艺术中心的俗称。

鸥尖利的鸣叫。天气很冷。

西恩与玛丽安娜并排坐在左边的沙发上，备受打击的同时也深感疑惑，托马·雷米日在一张朱红色椅子上坐了下来，双手捧着西蒙·兰博尔的病例。然而，尽管这三个人分享着同一空间，参与着同一时间段，这一刻，在这颗星球上没有比这两个处于悲痛中的人和这个坐在他们面前的男青年之间更遥远的了，他到此的目的——对，目的——是获得他们的同意，以便提取他们孩子的器官。这里有一个男人和一个女人，卷入冲击波中，从地面被抛离的同时落入一个破碎的时空中———个被西蒙的死打断的连续性，但这一连续性就像一只在农场院子里狂奔的没头鸭子一般持续着，如此荒诞不经——在这一时空中，物质由痛苦编织而成，这对男女的头上集中了整个世界的悲剧，而这里还有这个穿着白大褂的男青年，尽心尽职，谨小慎微，准备好按部就班地推进谈话，但同时他在大脑的某个角落里已经开启了倒计时，知道一个脑死亡者的机体状况随时可能恶化，所以得抓紧时间——他被这纠结撕扯着。

托马往杯子里倒上水，站起身去关上窗子，穿过房间，与此同时观察着这对夫妇，不让他们离开自己的视线，这个男人和这个女人，西蒙·兰博尔的父母，这一刻他很可能开始让大脑预热，因为他即将在他们的伤口上撒盐，在他们的悲伤中切入一个他们毫无心理准备的问题，请他们考虑并给出回答，而这时的他们在痛苦的打击下失魂落魄，神情恍惚，或许雷米日准备开口讲话就如同他准备唱歌一样，放松肌肉，控制呼吸，知道标点断句如同语言的解剖学、语义的架构，因此他在心里设想那句引言，查看它的音高线，评估他将说出的第一个音节，那个打破沉寂的音节，如完成一个切口般精确、迅速——不是鸡蛋壳上的裂纹，也不是地震时爬上墙面的缝隙，而是一个刀口。他缓慢开始，有条不紊地总结当前的情况：我想你们已经明白西蒙的大脑正在毁灭；但他的内脏还在继续运作；这是一种罕见的情况。西恩和玛丽安娜合了一下眼，表示同意。托马从中得到鼓励，继续道：我理解你们的伤痛，但我必须跟你们谈一个敏感的问题——他的面容焕发着透明的光晕，他以微微提高的声音绝对清晰地宣布道：

——在当前的情况下，可以考虑让西蒙捐献器官。

咣。一上来，托马将话音调整到恰当的频率上，整个房间像一个巨型麦克风般发出回响，精准的落点——阵风战斗机在航母飞行甲板上的轮子，日本书法的毛笔，网球手的短吊。西恩抬起头，玛丽安娜吓了一跳，两个人的目光与托马的目光急速相撞——他们开始惊恐地窥见他们在这里是要搞些什么，面对这个侧面轮廓有如铸币人像的英俊男青年，这个继续娓娓道来的英俊男青年。我想知道你们的儿子是否曾提到过这个话题，他有没有跟你们谈起过他的想法。

墙壁在摇晃，地面在移动，玛丽安娜和西恩遭到当头一击。二人张着嘴巴，目光在茶几上漂浮着，手扭动着，还有这正在流淌的沉默，凝重，黑暗，庞大，混合了惊慌和迷惘。一个空洞在他们面前绽开，他们只能将它想象为“某物”，因为“无物”是不可想象的。面对这个气流洞他们一同奋力挣扎，尽管在他们心中搅动的既不是同样的疑问也不是同样的情感——西恩多年来变得独来独往，沉默寡言，心中融合了清晰明确的无宗教信仰和源自大洋洲神话的抒情式灵性，至于玛丽安娜，初领圣体时的她身穿花裙子和网球短袜，额头上围着鲜花花环，圣体饼粘在舌根上，晚上跪在与妹妹合用的双层床的上铺，长久祈祷，穿着那条令她感到刺痒的睡衣，高声诵读着赞美诗，时至今日，仍会走进教堂，体验寂静仿若探究一个奥秘的质地，寻觅祭坛后面点亮着的小红光，吸入蜡与香的厚重气味，观察日光被玫瑰窗过滤成的多彩射线和眼睛用颜料描绘的木质雕像，但记得将信仰的笼头从自己脖子上卸下那一刻涌遍全身的强烈感觉——；他们的眼前闪现一幕幕死亡的景象，另一个世界的形态，沉入永恒的死后空间：这是一个藏匿在宇宙夹缝里的沟槽，一个微波荡漾的黑暗湖泊，这是信徒的王国，是肉体复活的人们在上帝的庇护下生机盎然的花园，这是一个遗落在丛林中、上空盘旋着孤魂的山谷，这是一个骨灰的荒漠，一个安眠，一个漂移，一个海底的骇人深沟，这也是一个人们乘着精工细作的独木舟到达的不可名状的彼岸。他们躯干前倾，胳膊在腹部交叉好经受住这打击，而他们的思想都汇集到一个充满他们无法表达疑问的漏斗中。

托马又开口了——另辟蹊径——你们的儿子有没有在全国拒绝捐献器官名册上登记？或者你们知道他曾经对这个问题表达过异议，他反对捐献？复杂的句子，他们的脸扭动着。玛丽安娜摇晃着头，我不知道，应该没有，她结结巴巴，这时西恩蓦然活动起来，他深色方形的头慢慢转向托马，以低哑的声音插入空间：十九岁——他上身晃动，令这些从他难以松开的嘴唇中流出的、吐字不清的词句承载着重量——有很多十九岁的男孩子会做这方面的规划吗，表示愿意，有吗？——“做这方面的规划。”他声音铿锵有力，齿间音如冲锋枪扫射一般，喷射着冰冷的火焰。这种事是有的，托马轻柔地回答，偶尔会出现。西恩喝下一口水，将杯子重重地放回茶几上：可能吧，但西蒙不会。这一刻，托马找到了对话中的这个空当，顺势钻了进去，将声音提升一度问道，为什么“西蒙不会”？西恩打量着他，咕哝道：因为他热爱生活。托马点点头，我理解，但并不松口：热爱生活并不意味着他从没想到过死亡，他还是有可能跟亲近的人说起这个话题。沉默的纤维汇聚成一个捻接头，然后玛丽安娜作出反应，茫然而快速地说：亲近的人，有，可我不知道，对了，他妹妹，对，他很爱他的小妹妹，露，她七岁，他们争执不断，却又谁都离不开谁，还有他的朋友们，对，这是肯定的，冲浪的伙伴，若安、克里斯托弗，还有中学的朋友们，我不太清楚，可能吧，我们不常见到他们，可是他亲近的人，我不知道他亲近的人是谁，也许是他奶奶，他美国的表哥，还有朱丽叶，朱丽叶是他的初恋女友，对，这些就是他亲近的人，就是我们。

他们在说起自己儿子时用的是现在时[①]，这不是好现象。托马接着说：我问你们这些问题，是因为如果过世的人，也就是你们的儿子西蒙，没有在生前告诉别人他拒绝捐献，如果他没有表达过反对意见，那么我们需要一同提出这个问题，如果他在天有

---

① 法语中在描述死去的人时应该使用过去时，现在时用于活人。

灵会有怎样的愿望？——“过世的人，也就是你们的儿子西蒙”，托马提高了声音，清晰地吐出每个字，他将钉子钉紧了。同意什么？说话的是玛丽安娜，她抬起头——但其实她知道问题的答案，她想要被钉紧。托马宣布：同意摘取他的器官，以便进行移植——这些残忍的词句如横幅上的标语一般展开，必须经过它们，经过它们的重型火力，它们的伤人材质，因为拖泥带水、含糊其词的谈话是伤痛的沼泽，这一点托马很清楚。

紧张状态在地壳的这个点上突然升级，植物的叶子仿佛在颤抖，杯子的水面上仿佛出现波纹，光线也仿佛变得晃眼，空气开始振动，好像他们头顶上有个离心机马达在慢慢启动。托马是唯一一个保持静止不动的人，不流露任何情感，目光停留在他们因痛苦而扭曲的脸上，经过下巴的震颤和肩膀的颤抖，毫不躲闪地前进，他接着说：这个面谈的目的在于寻找一个意愿并将它表达出来，这就是西蒙的意愿；我们要做的不是思考你们会为你们自己怎么做，而是问问自己你们的儿子会如何决定——托马屏住呼吸，掂量最后这几句话所裹挟的暴力，这些话将他们的身体与他们孩子的身体彻底分开，点出了一种距离，但同时也打开了思考的空间。这时，玛丽安娜以微弱的声音缓慢地问道：怎么知道呢？

她询问一个方法，西恩看看她，托马立即作出反应——这一刻他对自己说，或许玛丽安娜就是，按照他在培训课程上学到的词，那个“源泉人”，换句话说就是那个可以制造唤醒效应的人——我们在这里为的是回想西蒙，回想他曾是怎样一个人；器官提取工作必须与某个具有其自身特质的个人衔接，与我们对他生活方式的解读衔接；我们得一起想想；比如可以自问他是否有宗教信仰，或者他是否慷慨。慷慨？玛丽安娜惊讶地重复道。对，慷慨，托马肯定道，他如何与他人相处，他是否好奇心强，是否爱旅行，可以思考这些问题。

玛丽安娜朝西恩瞟了一眼，他的脸了无生气，土色的皮肤和黑色的嘴唇，随后她的目光斜向了那棵绿色植物。她没有将托马的问题与器官捐献联系在一起，最终嘀咕道：西恩，西蒙是个慷慨的人吗？他们的眼睛溜到眼角，不知如何回答，剧烈呼吸着，她用一只胳膊搂住这个长着与儿子一样浓密黑发的男人的脖子，将他拉近，他们的头碰到一起，他低下头从收紧的喉咙里流出一个“是”——一个其实与他们儿子的慷慨与否毫无关系的“是”，因为说到底，西蒙并不是那么慷慨的人，更确切地说他像只猫，自私而随意，头探到冰箱里低声抱怨不是吧怎么这个家里连听可乐都没有啊？而不是一个出手大方、殷勤体贴的年轻人；说出这个“是”只为抱起西蒙的整个身体，让他直立起来、散放光芒，那个被青春烈火炙烤的腼腆而率真的男孩。

玛丽安娜的声音突然刺穿一口喘息，话语变得清晰，尽管断断续续：有一件事，我们是天主教徒，西蒙受过洗。她就此截止了。托马等待她继续陈述，但间歇在延展，于是他提问道——领个路——：他信教吗？他相信身体能复活吗？玛丽安娜看看西恩，看见的依旧是他低着头的侧影，她咬着嘴唇，我不知道，我们不常去参加宗教活动。托马感觉到了压力——去年，曾有父母拒绝对他们的女儿进行任何器官摘取，声称他们相信肉体的重生，认为这是对身体的损毁，会阻止她托生，而当托马告知他们教会的官方立场是赞成器官捐献时，他们答道：不，我们不想让她死第二次。玛丽安娜将头靠在西恩的肩上，然后又开始说话，去年夏天，他看了本关于一位波利尼西亚萨满教巫师的书，那个珊瑚人，我也不太清楚，他曾想去那边找他，你还记得吗？那是一本有关转世再生的书，西恩闭着眼睛表示同意，以几乎听不见的声音补充道：释放能量，对西蒙是件重要的事，他热爱体育运动，对，他就是这样的人，活在自己的身体中，我了解的他就是这个样子，大自然，在大自然中他不会害怕。玛丽安娜停顿了一下然后不确定地问道：这是慷慨吗？我不知道，或许吧——现在她哭了起来。

他们用的是过去时，这对父母开始讲述了。对托马来说，这是个显著的进展，意味着孩子死亡的想法正慢慢在他们脑子里凝固成形。他将病例放在桌子上，空空的双手平放在大腿上，开口刚要接着说，突然，在没有任何预兆的情况下，局势突变，船瞬间侧倾，因为西恩一跃而起，在房间里来回踱步，烦躁不安，赫然说道，什么慷慨这一套都是扯淡，我看不出为人慷慨或者爱好旅行就让你们有理由认为他会愿意捐献器官，这也太随便了，况且，如果我说他是个自私的人，那面谈是不是就到此结束了？他突然靠近托马，在他耳边低声说：你就告诉我一件事，我能不能说不，告诉我吧。玛丽安娜惊讶地转向他叫道，西恩！但他听不到，直起身，在房间里走来走去，速度越来越快，最终背靠着窗子，逆光中的他黑暗、魁梧：说啊，跟我说实话，能不能拒绝？

他像头牛一般喘着气。托马没闭一下眼，腰杆竖直，潮湿的手放在牛仔裤上。玛丽安娜起身朝西恩走去，向他伸出双臂，但他转身，沿着墙边走了三步，转过脸朝墙挥了一拳，以全身的力量挥出的一拳，康定斯基招贴画上面的玻璃颤抖着，然后他呻吟道：妈的，这不是真的！崩溃的他转向托马，后者此刻站起身来，苍白得像床单，绝对静止，以决绝的声音宣布：西蒙的身体不是个器官库，让人可以从里面随意提取器官。我们与亲属展开对死者意愿表达的探寻，而这项活动如果最终达到的是拒绝的结果，那么这一程序将自动停止。

玛丽安娜最终抓住了西恩的手，她边抚摸着他边对他轻声耳语“真有你的，这样就能解决问题了”，她将他带到沙发边，夫妻俩重新落座，调整状态，这是暂时的平静，两人都一口气喝下一杯水，尽管都不太渴，但必须要拖延时间，继续动作，找到重启谈话的频段。

这一刻，托马感到没戏了。太难了。太复杂，太残暴。母亲大概可能，但父亲……没有时间的沉淀，一切都太快了。才刚意识到悲剧的发生就必须对器官提取表态。他也坐了下来。拾起茶几上的病例。不忍坚持，暗示，操纵，摆出权威的架势，不忍扮演胁迫者，尽管这无声的胁迫本可以更有分量、对亲属施加更大压力，因为年轻健康的器官捐献者实在少之又少。让他们免于，比如，被告知，法律对于没有在全国拒绝捐献器官名册上登记的人选择采用假定同意的原则——让他们免于自问当捐献人已经死了，确切地说不能再讲话了，不能同意了，怎么能将假定同意作为法则呢，让他们免于听到，在世时没表态就等于说愿意，也就是那句可疑的格言“沉默即同意”的另一个版本。是的，他最终没有流露这些法律条文，尽管这些条文轻易便可令这一对话的意义灰飞烟灭，沦为简单的形式、虚伪的惯例，而法律还引出另一个更加复杂的概念，一个关于相互性、对调的概念：鉴于每个人都是潜在的假定接收者，难道将每个人都视为死后的假定捐献者是如此不合逻辑、没有道理的吗？从此，只有在面对那些对捐献问题不太介意的人、需要为他们打开一条路时，或为了向那些已经决定捐献的家庭给予肯定时才提起这法律的框架，最终将法律作为如楼梯扶手一般的支持。

他合上西蒙的病例，将它平放在膝头，如此向西恩和玛丽安娜·兰博尔暗示他们如果愿意可以改期再谈，并可以离开房间。一个拒绝的回答，这种事时有发生。得知道在心里给它留出一个位置，拒绝的可能也是捐献的条件。现在该告别了，握握手。面谈以失败告终，既然如此，顺其自然吧，托马给自己订立了一个原则，绝对尊重亲属的意愿，他也知道对死者周围的人来说死者尸体之神圣是无可争辩的——如此在他这项工作的坎坷路途中提前标注出障碍物，在法律赋予的权利和可移植器官匮乏的激励下，闯出一条通道。他的目光扫过房间的墙壁，窗后，一只鸟窥视着。一只鸣禽。托马一看见它就打了个寒战，自问乌斯曼有没有去他家帮忙喂玛萨尔，那只金翅雀，给它供应足够的清水和生态种子，这些彩色的种子都是在巴布瓦迪[1]的一个阳台上种植的。他闭上

① 巴布瓦迪（Bab el-Oued），阿尔及利亚的一个城镇。

眼睛。

好吧，都要提取什么？西恩又发起进攻，低着头眼神朝下，托马为这转向吃了一惊，皱起眉头，赶紧跟上这一新节奏：有心脏、肾脏、肺脏、肝脏，如果同意捐献，你们将得到所有的相关信息，你们孩子遗体的外观最后将会得到复原——他毫不委婉地列举了所有器官，跟随这一往直前的冲力，与其语焉不详地躲闪，不如爽利直白地确认。

心脏？玛丽安娜又问。对，心脏，托马重复道。玛丽安娜头晕目眩。西蒙的心脏——血细胞组成的小岛汇聚在一个小口袋里，从而在第十七天形成最初的血管网，这只泵在第二十一天启动运作（通过为聆听胚胎心脏设计的极其灵敏的设备可以听到振幅微弱的收缩运动），血液在趋于形成的血管中流动，使组织、静脉、管道和动脉受神经支配，四个心腔被制造出来，一切在第五天尽管没有发育完全也都已然各就各位了。西蒙的心脏——在一张婴儿折叠床底缓缓起伏的圆滚滚的小肚子；夜晚在孩童胸中扑腾的那只惶恐的鸟；为安纳金·天行者[①]的命运伴奏的断音；第一波浪潮涌起时皮肤下的火焰——摸摸我的胸肌，一天晚上他肌肉绷紧，做着鬼脸对她这样说，他那时十四岁，眼神中闪烁着一缕在他体内逐渐积聚的少年光芒，摸摸我的胸肌妈妈——当他的目光在航海大街公车站上捕捉到朱丽叶时（条纹T恤裙，马汀大夫短靴和红色雨衣，胳膊下面夹着纸板画夹）的舒张与融化；圣诞夜

① 安纳金·天行者（Anakin Skywalker），是电影《星球大战》里的虚构人物。

气泡纸中屏住的呼吸，在那间冰冷的厂棚里从包装中露出冲浪板，层层拆解时混合着小心翼翼与激动狂喜，仿佛在扯开一封情书。那么，要摘取的是这颗心。

但不会要眼睛吧，你们不会摘取他眼睛的，对吧？她将手盖在张开的嘴上，压住一声惊呼。西恩战栗了一下，跟着嚷道，什么？眼睛？不，绝对不行，眼睛不行。他嘶哑的喊声停滞在房间里，托马垂下目光，我明白。

这又是另一个湍流区，他打了个哆嗦，汗如雨下，他知道每个器官因其象征性而意义不同——玛丽安娜只对心脏的提取作出反应，仿佛要提取肾脏、肝脏和肺脏更容易接受，同样她拒绝摘取西蒙的角膜，后者像组织、皮肤一样很少能够得到亲属的同意——他知道他必须让步，不能完全遵从规定，要接受限制，尊重这个家庭。这是同理心。因为西蒙的眼睛，不仅仅是他的神经视网膜，他绸缎一般鲜亮的虹膜，他晶状体前面纯黑的瞳仁，那是他的眼神；他的皮肤，不仅仅是他体表的带有纹理的网络、他的微小孔洞，那是他的光芒、他的触觉、他身体天然的传感器。

——你们孩子的遗体将得到复原。

这是个承诺，可能也是这番对话的丧钟，没人知道。得到复原。托马看了看手表，估算了一下——第二次三十分钟脑电图将在两个小时内进行——你们想单独待会儿吗？玛丽安娜和西恩看看对方，点点头。托马站起身补充道，如果你们的孩子能够把器官捐献出来，将令其他人获得生存的机会，那些等待器官移植的人就有可能活下去。这对父母拾起他们的大衣、提包，动作迟缓尽管他们此刻急着离开这里。也就是说，他没白死，是吧？西恩将风衣的衣领竖起，径直看着他的眼睛，这些我们都知道，器官移植能救人命，一个人死了，可能其他人就能因此得救，可是对我们来说，只有西蒙，他是我们的儿子，您能理解吗？我理解。在越过房门的一刻，玛丽安娜转过头，与托马对视：我们出去透透气，一会儿回来。

独自一人，托马瘫倒在椅子上，头向前沉到手中，手指伸进头发，插入脑壳，他慢慢呼吸。他肯定在想，太难了，他大概也想说几句心里话，想要对着墙打几拳，踢翻废纸篓，砸碎玻璃杯。这或许会是个同意，但更可能是个拒绝，是的，这是常有的事——三分之一的面谈以拒绝告终——但对托马·雷米日来说，一个明确的拒绝强过一个在混乱中夺取、用产钳拽出的同意，一个两周后让人遭受懊悔的折磨、陷入失眠和忧伤的同意，得为生者着想，他常这样告诉自己，嚼着一根小火柴头儿，得为活着的人考虑——在他办公室的门后面，他用胶条贴上《普拉东诺夫》的一页复印文字，这部戏剧他从没看过，也从没读过，但当他从摊在自助洗衣房的一份报纸上瞥见沃依尼采夫与特里列茨基之间对话的这个碎片时，他仿若一个如获至宝（宠物小精灵卡片中的一张喷火龙卡，巧克力包装纸里的金券）的孩子般激动得发抖。尼古拉，怎么办？埋葬死者，修复生者。

朱丽叶在她的卧室里。如果她微微侧身，踮起脚尖，她可以从窗口看到兰博尔家的楼顶——西蒙第一次来到这里，进入她的闺房，他曾贴在窗户上，然后突然转过头对她说，你知道吗，我们能看见对方，他长时间地指点方向，好让她在下方展开的灰色断层之间找到一块有几只海鸥栖息着的、散落了几个烟囱的锌色平面：在那儿——，她温柔地望了过去。

他俩那晚吵架了。然而，他们本来静静地躺在鸭绒被里，赤条条地面对面侧卧着抱在一起，如此情意绵绵，做爱之后还在继续相互爱抚着，他们在黑暗中闲聊着，都出奇的健谈，在这样的时刻他们的话语总是更加清澈，这时一条短信的降临刺破了这平静，声呐的回响这次没有令她发笑，她将其视为敌人的入侵，冲浪约定确认——六点在你家楼下见。她不用等他读完短信就知道是怎么回事，明白他从傍晚就一直在等待这个号令，于是她体内的某种东西霎时僵住了，蓦地从床上跃起，嘴唇紧闭穿上衣服、内裤和T恤。你怎么了？他一只手肘支起身，皱着眉头问道——但他其实知道她怎么了，别装无辜，她应该这么回答他，但她只是小声咕哝没事儿，没事儿，我挺好，而她的脸上却笼罩着一层苦涩——随后他也迅速穿上衣服，去厨房找她，在那里情况变得一发不可收拾。

今天，坐在这空荡公寓的寂静之中，低头看着自己在一个有机玻璃盒中搭建的这个初具规模的三维迷宫，她又想起了那晚的事，她怎么会扮演起这个糟糕的角色，好像一个丈夫外出享乐时独守空房的妻子，做出一副怨妇的样子，这个成年人的玩意儿，这个老气横秋的玩意儿，而她只有十八岁，她怎么会堕落至此，威逼利诱地求他，留下吧，别走，那语气仿佛不是她的而是从一个脆弱、痴情的女演员口中发出的，一个老套的场景，提醒他这周末她是一个人，她父母要到周日晚上才回来，所以他们可以长时间地厮守在一起，但西蒙心意已决，这是冲浪，冲浪的约定都是这样，都是临时确定的。他也扮演起丈夫的角色，他俩光着脚站在地砖上，目光坚定，皮肤显现血管的条纹；他试图将她揽到怀里，往前一步，双手碰到她吊带背心下纤细的腰肢，两侧的胯骨有点儿尖，但她用一个粗暴的动作将他推开了，行了，走吧，我不留你，于是他离开了，OK，我走了，甚至将门猛地撞上，关门前他最后看了她一眼，说道，我明天打电话给你，最后在门口做了一个亲吻的口型。

她自从圣诞假期开学后就一直在制作她的迷宫，高三选修造型艺术课的学生都必须在学年末交上一份个人作品。她从有机玻璃外壳开始搭建，一个正方体，两个面要等到最后再装——她对各种材质样品研究了很久才做出了选择——现在她正在搭建内部结构。她的写字台上方贴着不同比例的图纸，她靠近墙壁，仔细观察这些图纸，然后将一块白色泡沫板放在工作台上，准备了几支铅笔、两把金属尺子、几块干净的橡皮、一个卷笔刀和一把热熔胶枪，然后她去浴室洗了手，再戴上街边理发馆的女发型师给她的透明塑料手套——店中的这些手套都收在推车染发剂筐的下层，放在卷发夹子、彩色卡子、小海绵之间。

她开始了，用裁纸刀切开白色泡沫板并割成各种形状的长条，再将这些长条按照她精细描画到毫米的模板编号，模型一旦完成，将展示出盘根错节的分布，复杂的交织，每条路都会与另一条相交，其中没有入口，没有出口，没有中心，有的只是无穷的路线、连接、岔口、消失点和透视投影。如此沉迷在工作中，以至于她最后听到了轻轻的蜂鸣声，仿佛寂静在饱和中颤抖，并在她周围形成一个珠宝盒，将她置于世界的中心——她喜欢画画、动手摆弄、裁剪、粘贴、缝纫，她从小就喜欢，她父母总是回忆还没识字的她就已经开始制作小型手工作品，那些她撕碎又花一整天拼贴的小纸片，那些用粗毛线将各种材料缝制起来的镶嵌画，那些拼图，那些一次比一次复杂、她用橡皮泥平衡的风动艺术品，他们会提到她小时候就已经显露的创造力、细心和对爱好的热情，那是一个不同寻常的小女孩。

她第一次将这个透明盒子呈现在西蒙面前，向他展示自己的作品时，他迷惘地问道：这是个大脑模型吗？她惊讶地看着他，充满自信地快速答道：在某种意义上，可以这么说，这里充满了记忆、巧合、疑问，这是个偶然和相遇的空间。她不知道如何向他解释这对她来说是一种多么引人入胜的体验，每次投入工作都仿若一次起飞，将她带往远方，总之当她的手在目光下忙碌的时候，随着泡沫板条在桌子上不断堆积、随后又在透明盒里一一就位，她的思想也在肆意漫游，将板条以一个重复的动作粘在模型上——食指在热熔胶枪的扳机上施加压力，释放出适量的白色温热物质，散发的气味令她缓缓陷入沉醉——慢慢向迷宫入口漂移，沉浸到混合了超精确记忆和欲望漩涡的精神领域中，一个宏大的白日梦，在路线尽头总要返回到西蒙这里，找到他文身的印记、那些线条和交点、那些用绿色墨汁描绘的纤细螺旋，最终随着一个图案不可避免地与他相会，因为她恋爱了。

阳光在朱丽叶的卧室里伸长，白色的迷宫渐渐打开一条通道，将她带回到这个九月天。这个第一天，当他们并肩行走时空气的物质在慢慢重组，仿佛那些不可见的颗粒在突然的加速作用下在他们周围聚集在一起，他们的身体在通过中学大门的一刻便以这种古老无声的语言、在那一刻就满载欲望的语言互通信号，于是，她放慢了脚步，好让女友们先行一步，留下自己只身走在便道上，而西蒙在此时赶了上来，他从自行车上竖起的想象后视镜中猜到她的位置，左脚踩在右踏板上好让自己滑落到地面、陪她一起走，一只手放在车把中央推着前行，所有这一切为的是能跟她说上话，所有这一切为的是二人能对上话，你住得远吗？我住在上面，你呢？很近，就在那个拐角后面；日光在暴雨过后明亮得疯狂，便道上布满被风雨打落的黄叶，西蒙偷偷向旁边瞟了一眼，朱丽叶的皮肤与他如此接近，腮红下精细地散落着小雀斑，她的皮肤是鲜活的，她的头发是鲜活的，她的嘴是鲜活的，正如她戴着廉价耳饰的耳郭，她的睫毛底部画了一条眼线，一只小鹿。你知道维庸[①]的《绞刑犯之歌》吗？他摇摇头，没什么印象，她这天

---

① 维庸（**François Villon**，约 **1431—1474**），中世纪法国诗人。

涂了覆盆子色的口红，“活在我们身后的兄弟们，请不要对我们严加责备”，想起来了吗？嗯，想起来了，但他什么也没想起来，他已经头晕目眩，颤动的水滴上形成千万面镜子，他们低头看着地面，像障碍滑雪一样在水洼间穿梭，自行车与其余的东西齐声奏响，每句话、每个动作都饱含着大胆与羞怯，就像同一事件的正反两面，这是破茧而出的时刻，他们被包围在彩绘玻璃窗的光芒中，像君主般沿着大道上行，紧张但尽可能缓慢地走着，极弱板，极弱板，极弱板，渐慢且渐强，他们完全沉浸在对对方的惊叹中，他们此刻的细腻敏感是闻所未闻的，几乎是分子的，而在他们之间流动的物质喷涌出一个回旋的节奏，以至于到达轨道缆车站时他俩都呼吸急促，双手湿热，体内的血液敲打着颞骨[①]血管，因为一切都即将分散，就在机车启动铃响的那一刻，她在他的嘴上亲了一下，一个极快的吻，眼皮一眨，然后她便跳入了车厢，她转过身来，脸贴着车窗，让额头吸在肮脏的玻璃上，他看见她微笑，然后亲吻窗子，将嘴唇压在上面，闭着眼睛，双手平摊在玻璃上，掌上紫色的纹路清晰可见，然后她转过身去，而他定立在那里，一时间心潮澎湃，发生了什么事？渐行渐远的缆车开始爬坡，气喘吁吁而固执顽强，西蒙决定要做同样的事但要做得更漂亮，骑上他的自行车开始爬坡，转弯处的大圈拉长了距离，但他全速猛蹬，像个比赛中的自行车手一样俯身做出加速的姿势，他的书包在后面形成一个驼背的隆起，这时天色变暗，地上的影子消失了，又下起雨来，一场海上的雨，低沉厚重，几分钟后柏油

① 颞骨，构成人体颅骨的 29 块骨骼之一。共两块，左右各一，位于颅骨两侧，上有称为内耳门的开口。

路就溪流纵横，路面很滑，此刻西蒙变换链轮，起身离座摇摆蹬车，弯着腰，沿眉弓悬挂的水珠阻挡着他的视线，但他心花怒放，此刻他甚至可以仰面朝天，张开嘴喝下从上面落下的任何东西，他大腿和小腿的肌肉因用力而紧绷，他前臂疼痛，他吐着水，喘着气，但从体内找到了足够的冲力，在最后一个转弯处划出最佳弧线，角度如此准确使他得以加速，凭惯性登上坡道的平台，接着他向缆车站冲去。这时车厢在刺耳的响声中刹停，他一打滑从车门前冲过，浑身上下湿湿答答，从自行车上下来，弯腰屈腿，手撑在膝盖上，面朝着地，口水流到唇边，发绺像第一帝国的年轻元帅一般粘在面庞周围。他将自行车停靠在一个长凳旁，让呼吸平复，敞开外套，解开衬衣最上面的几个纽扣，他的心在那露出的刺青下跳动放缓，那是一颗远海游泳者的心，一颗运动健将的心，休息时其频率可降到每分钟四十次以下，外星人的心动徐缓，但在朱丽叶刚刚通过出口转门的一刹那一切又重新加速，一个大浪，一股激流，手插在兜里缩着头，他径直朝她走去，她微笑着，脱下雨衣高高举在空中，那是一个风障，一把伞，一顶华盖，一扇能够截取彩虹所有颜色的光伏板，他们一站在对方面前，她便踮起脚尖为他挡雨，她与他，两个人沉浸在微甜的塑料气味中，他们的脸被防雨布染红，他们的睫毛都是海蓝色，嘴唇都是紫色，他们的嘴很深，舌头都无限好奇，他们在那塑料布下仿佛躲在一个回声四起的庇护所中，那风雨组成的共鸣板又混入了喘息声与口水的嘶嘶声，他们在那塑料布下仿佛在地表以下，沉入一个湿热的空间，里面蛙鸣回响，蜗牛爬行，由玉兰、棕色树叶、椴树果和松针堆成的腐殖土从地上垒起，其中滞留着嚼过的口香糖球和浸透雨水的烟蒂，他们仿佛身处一面再造日光的大块彩绘玻璃下，而那个吻持久绵长。

朱丽叶抬起头，上气不接下气，光线渐暗，她打开灯，打了个冷战：在她面前，迷宫扩大了。她朝手表瞟了一眼，快十七点了。西蒙就该露头了。

一出门，叛逆的天空就晒得他们睁不开眼，苍白中带着脏奶的光晕，使他们不得不低下头，眼睛盯着自己的鞋尖，手揣在兜里，鼻子、嘴、下巴埋在围巾和领口中，并肩走到车旁。车内冷冰冰的，驾车的是西恩，他们慢慢开出停车场——这愚蠢的道闸杆今天还要遇到几次？他们旋即驶上了次级公路，不想远离医院，只想从这个世界抽身，消失在一个未知的、纤维的空间中，消失在一个如他们的不堪一样苍白的亚地缘中。

城市拉伸，放松，最后几个城区的轮廓线条逐渐散懈开来，便道不见了，不再有院墙篱笆，只剩下高高的铁丝网、几座仓库和在高速立交桥下变黑的城市老厂房的残骸，然后地面的高低起伏指引着他们的轨迹，像力线一般为他们的漂流领航，他们在悬崖下的公路上行驶，沿着布满洞穴的小丘前行，那里时常有孤独的流浪汉和三五成群的男孩子出没——“他妈的”和罐装喷漆——经过平铺在山坡下方的小板房、孔弗雷维尔-劳尔谢的炼油厂，最后好像被空间中陡然出现的凹口钳住似的斜插向河边，现在他们进入了河口湾。

他们又开了两三公里，到了柏油路的尽头，关停了发动机：他们周围空无一物，一块位于工业园区和畜牧草场之间被遗弃的荒地，不知为什么他们停在了这片被滚滚浓烟弄皱的天空之下，这些烟像瓶塞一般从炼油厂的烟囱上喷出，然后扩散成暗淡的烟迹，渗出灰尘和一氧化碳，一个世界末日的天空。他们的车刚在侧道上停稳，西恩就掏出自己的万宝路，没开车窗就抽起来。我以为你戒了，玛丽安娜轻柔地将烟卷从他嘴上取下来，猛吸了一口——她吸烟的方式很特别，手掌贴着嘴，手指并紧，烟卷夹在掌骨关节接缝处——没有吞咽而直接呼出烟雾，然后又将烟卷放回西恩的指间，后者咕哝道“没有，不想戒”。她在座椅上扭动了几下：你还是绝无仅有的那个能边刷牙边抽烟的家伙吗？——一九九二年夏天，一个在圣达菲附近沙漠里的营地，扎染的晨曦，在珊瑚红和猴掌粉之间，泛着蓝光的火焰，一片培根肉在一只平底锅里劈啪作响，两只镀锡铁杯中盛着咖啡，对石头间冰凉阴影中有蝎子潜伏的恐惧，齐声高唱《赤胆屠龙》中的歌曲《我的步枪，我的小马和我》，西恩，一根沾着牙膏的牙刷把从一侧的嘴角支出，而微笑的另一嘴角则叼着这天的第一根万宝路——他点点头：“是。”那加拿大帐篷上流淌着晨露，玛丽安娜赤裸的身上披着带穗的南美斗篷，长发及臀的她用夸张的语气读着理查·布罗提根①的一本诗集，那是她在将他们送到陶斯②的灰狗长途巴士的一个角落里发现的。

我不该给他做那个冲浪板。西恩将烟卷慢慢在烟灰缸里捻灭，接着猛地朝方向盘俯冲，将头撞在上面，嗙！他的额头在橡胶上急剧弹起，西恩！玛丽安娜惊骇地叫道，但他又来了，以更快的

① 理查·布罗提根（Richard Brautigan，1935—1984），美国作家、诗人。
② 陶斯（Taos），美国新墨西哥州中东部的一个城市。

速度重复着，总是用前额的同一位置，嗙，嗙，嗙！停下，立刻停止，玛丽安娜拽住他的肩膀好让他停止动作，将他固定住，但他用胳膊肘将她推开，被甩出去的她右肋撞在了车门上，当她坐回原位，他用牙齿扣紧方向盘，咬住橡胶，发出震耳欲聋的嘶哑吼声，野蛮而阴郁的吼声，那是种不堪承受的东西，一声她不想听到的喊叫。什么都行就别这样，她想要他住口，于是她抓住他的脖颈，手指深深插入他蓬乱的头发，指尖陷入他头皮中，她咬着牙但破口大叫：现在停下！并将他向后拽，直到他的下颌松开方向盘，直到他的背部撞到座椅靠背上，直到他的头碰到座枕并停靠在上面，闭着眼睛，前额的两眼之间因撞击而殷红，直到那吼声变成呻吟，在这之后她松开手，颤抖地念叨着，不能这样，不能伤害自己，看看你的手，她低下头，他的手指像夹子一样紧紧扣在膝头：西恩，我不希望咱们变成疯子——这一刻，她很可能是在对自己说话，估测着在她体内、在他们体内不断增长的疯狂，这疯狂仿佛是唯一可能的思维方式，仿佛是这震级未知的噩梦中唯一合理的结局。

他们瘫倒在一起，蜷缩在车内，一切看上去正在恢复平静但这只是个假象，因为当西恩的呻吟不停地往玛丽安娜的耳朵里钻时，她突然想到的是如果没有这个事故，没有这些疲惫，没有冲浪，没有对冲浪的混账热情，这个星期天本应是怎样的，在一只软弱的手牵拉的这条因果绳索的另一边是西恩。是的，西恩，是他，是他培养了这种兴趣，催生并助长了这种爱好，独木舟，毛利人，文身，木板，海洋，向新大陆迁徙，与大自然相互渗透，所有这些让她的小男孩着迷的破烂神话，这些陪伴他成长的宽银幕想象——她咬着牙，她本应将她身边的这个男人猛揍一顿，这个正在哀叹的男人——他们父子俩常常一起出行向客户交付小快艇，她现在回想，她和露这对“女孩组合”则留在家中，被搁置在一旁，他们从不错过一个冲浪之夜，后来西蒙开始喜欢冒险，越来越爱往温度过低和风高浪急的水域跑，而他的父亲却对此从不指责，因为那是一个独来独往、沉默寡言的父亲，一个神秘的父亲，他如此与家人隔绝，以至于一天晚上她对他说你走吧，我不想再与你生活下去，不想这样继续下去，尽管她爱着这个男人，但妈的；是啊，冲浪，多么疯狂，多么危险的疯狂，而她，玛丽安娜，她怎么会如此听之任之，让这种对惊险刺激的癖好在自己的家中成长，让她的儿子落入这头晕的漩涡，这浪管的漩涡，这荒唐的胡闹中；是啊，她也什么都没做，什么都没说，当她儿子开始按照天气变化生活，一听到涌浪的预报便将一切都抛之脑后，作业和别的事，有时凌晨五点起床只为追逐一波一百公里的海浪，她什么也没做，爱着西恩，可能自己也为这胡思乱想迷醉，这个能够造船、在雪天搭建篝火的男人，这个知道每颗星星、每个星座名字的男人，这个能够用口哨吹出复杂旋律的男人，她为自己的儿子能够活得如此精彩而欣喜，为他的与众不同而骄傲，就是这样，他们什么也没做，他们没能保护好自己的孩子。

玻璃上形成的水雾开始往下流淌，这时玛丽安娜说道：冲浪是你给他最美的东西。他叹口气，我不知道，然后他们都沉默了。最美的是制造的动作本身，是这些动作反过来对他的改变，在独木舟建造中，曾经从远方运来的软木板已经被泡沫和树脂取代。

十二月初，他去到朗德省沿海的一个板材造型师家找一些聚苯乙烯板——这个五十多岁的男人有着苦行僧的身形，额头上围着一条胭脂红色的头巾，留着灰色的胡子和马尾辫，穿着大溪地花短裤，高性能运动抓绒衫和荧光人字拖，所以是个不怕冷的人，他少言寡语，几乎不看他一眼，但从不放过任何冲浪的机会，便携天气预报站的荧光屏持续发布风情与涌浪的预测——他考虑了良久才选择了这些不太熟悉的材料，了解了它们的密度、强度，与聚氨酯相比挑中了挤塑聚苯乙烯的泡沫板，选择了环氧树脂而不是价格更便宜的聚酯树脂，仔细观察造型师工作，留意刨子的速度和磨光机的触感，将所有的东西都装入他的旅行车，夜间在高速公路上飞驰，思考板材的制作，在脑子里描绘它的形状，担忧它的坚固性，他这次谁也没告诉便暗自行动了。

他们下车走了走，“出来待会儿”——说话的是玛丽安娜，已经打开了车门。他们将车留在了路上，紧靠着在土地中枝蔓交缠的荆棘灌木丛，他们穿过田野，先后从铁丝网围栏的下面钻过——先是她，然后是他，一只脚，另一只，后背伸平，每个人都为对方抬起铁丝，高过对方的头，低于自己的肚子，小心头发、鼻子、眼睛，小心大衣。

冬季的田野。草场深处犹如浓稠的冷汤，在他们的鞋底下发出噗叽噗叽的响声，草都是易碎的，四处散布着一块块因霜冻而板结的黑色牛粪，白杨将它们的爪子插入空中，灌木丛中有几只肥硕如母鸡的乌鸦——这一切有点儿过了，玛丽安娜想，太难了，我们撑不过去的。

他们终于看见大河了，宽阔如天，他们吃了一惊，呼吸短促，双脚都已浸湿，但继续向河岸前行，像被磁石吸引着一般走到岸边，直到草场开始逐渐向水下延伸的地方才止步，这里的水是黑色的，淤塞着软树枝、烂树根、被冬季杀死的昆虫的腐败尸体、恶心的污泥，凝滞不动，一个童话里藏着妖魔鬼怪的池塘，在它后面，河口湾的水面平缓、浑浊，带着千鼠尾草的苍白和裹尸布的褶皱，过河似乎是可能的但有危险，没有半座浮桥暗示这可能性，没有一条停泊在那里的船只用以对抗这恐吓，没有任何兜里装满扁形卵石的孩子来这里打水漂，在水面勾勒出轻盈反弹的轨迹，让水面上聚集的精灵跳跃起舞，他俩被困在那里，前方是凶险的水流，手深深插入衣兜，脚深深陷入淤泥，正对着大河，将下巴压低到衣领里——我们在这儿搞什么呢？玛丽安娜自问，她想大叫，但张大的嘴里却没有发出任何声音，什么都没有，纯粹的噩梦——然而在他们左侧远处出现了一条深色的小舟，河流上下游唯一可见的船，这孤舟仅凭它的存在就衬托出其他船只的缺失。

我不想让他们开他的膛，剥他的皮，我不想让他们把他掏空——西恩的声音是纯净的白色，在寒冷的磨砺下就像被撒上了烟灰的刀刃。玛丽安娜将手插入西恩外套右侧的衣兜里，食指和中指伸到了他拳头黑暗的掌心，打开这拳头，扩宽通道深入其中，挖掘足够的空间好让无名指和小指也钻进去，这一切发生时西恩没有回过头，散装货船的轰鸣从左侧靠近，船身的颜色逐渐清晰，油漆红，与风干的血一个颜色，那是一条满载种子的船，它沿着河流驶向下游，驶向大海，沿着航道驶到这里时一切都变得开阔了，水面和意识，一切都向浩瀚的海洋交汇，向消失的无形和无穷交汇，它赫然变大，庞然巨物，而且如此接近，让他们感觉仿佛触手可及，它驶过时在他们身上投下冰冷的影子，一切都在晃动，一切都泛起波澜，浑浊纷乱。玛丽安娜和西恩的目光跟随着它，船身很长，一百八十米，至少有三万吨，它从他们面前经过，红色幕布逐渐在现实前滑动——他们这一秒钟都想了些什么我不知道，或许想到了西蒙，想到他出生前是在何处，今后又会在何处，或者也许什么也没想，被这个世界的景象完全吸引，这个徐徐隐藏又重新出现的世界，这个真实有形却又令人迷惘的世界——而那破浪前行的船首正昭示着他们痛苦迅疾的当前。

尾流翻滚着回归宁静，水波荡平，货船带着它的噪音和运动远逝，大河又恢复了原本的质感，整个河湾燃烧着，闪耀光芒。玛丽安娜和西恩转身面对对方，手拉着手，胳膊展开，脸蹭着脸，没有什么比这厮磨更温柔的了，没有什么比皮肤下滑动的面部骨骼棱角更含情脉脉的了——最终他俩额头对着额头保持平衡，而玛丽安娜的话语在凝滞的空气中形成一个印迹。

“他们不会伤害他的，他们一点儿都不会伤害到他。”玛丽安娜的声音经过织物过滤后散出，西恩松开她的手好将她抱在怀里，他的呜咽延长了大自然的喘息，他点点头，好吧，现在该回去了。

——他是捐献人。

宣布这个决定的是西恩，托马·雷米日猛地从椅子上站起身，晃了晃，红着脸，胸腔因一股热流涌入而扩张，仿佛体内的血液加速循环，他朝他们走去，戛然止步。谢谢。玛丽安娜和西恩垂下目光，身体直直地戳在办公室门口，惶恐不安，他们的鞋子弄脏了地面，留下了污泥和黑色的草叶，他们被自己刚刚的举动、他们刚刚作出的声明惊呆了——捐献人，捐遗体，遗弃，这些词在他们太阳穴中相互碰撞，扭结在一起。电话响了，是雷佛尔，托马简洁地向他宣布，可以了，三言两语的暗号不让西恩和玛丽安娜截获，缩写简称和迅疾的语速使他们无法听懂，很快他们离开了协调办公室，重又回到了他们之前面谈的会客室。雷佛尔正在那里等着他们，他们现在是四个人，而他们之间的对话马上就重启了，因为玛丽安娜当即说道：现在呢，现在该干什么了？

十七点三十分。房间开着窗子，仿佛是为了输入外界纯净的空气，因为较早之前的面谈已经将空气弄得污浊、消耗殆尽——喘息、眼泪、汗水。外面，大楼的墙下有一条草坪带和一条柏油路，二者之间是一排一人高的树篱。托马·雷米日和皮埃尔·雷佛尔各自坐在了朱红色椅子上，玛丽安娜和西恩则重新回到了苹果绿沙发上，可以清楚感觉到他们的焦虑——眼睛还是睁得大大的，额头皱在一起，令瞳孔周围的白色显得更多了，嘴唇还是半开的，随时准备放声大叫，整个身体聚集的关注在等待与恐惧中变得倔强坚定。他们不冷，现在还不觉得。

我们要对所有器官进行整体评估，然后将这些信息提供给生物医学署，他们将根据这些信息提出对一个或多个器官的提取，在此之后我们将组织在手术室完成手术。你们明天一早将可以看到孩子的遗体。雷佛尔以手部动作配合每个断句，在大气中描摹下一阶段的每个步骤。这句时断时续的话中饱含信息，其中有一个模糊的区域让他们产生恐惧：手术。

西恩突然开口说：具体地说，你们会对他做什么？他说“具体地说”——没有哽咽结巴，只是提出他的问题，此刻变得勇敢，朝着火力点冲去的战士，胸口对着机关枪枪眼，而玛丽安娜则紧紧咬住她大衣的袖口。这一夜在封闭的手术室将会发生的事，他们对此的想象，西蒙身体被切割成块，被四处发散，所有这一切都让他们害怕不已但他们仍旧想要知道。雷米日深吸一口气，接着回答道：我们会切开，提取，缝合。简单的动词，动作动词，平淡的信息，为的是抑制所有与身体神圣性以及因解剖人体而侵犯这一神圣性所可能产生的戏剧化。

手术是你们来动吗？西恩扬起额头——仍让人觉得他随时会像个拳击手一样打出一记下勾拳。雷佛尔和雷米日同时在这个问题中觉察到一座远古恐惧的冰山一角：被医生宣告死亡，但其实人还活着——我们还记得，在他的办公室里雷佛尔保留着一本玛丽·希金斯·克拉克的悬疑小说《月光变成你》，书中提到了英国一种十分普遍的丧葬习俗：人们将一枚戒指戴在将要下葬的人的手指上，戒指用一条细绳连着地面上的一个小铃铛，如果他在地下醒来，铃铛将发出响声；然而为允许器官提取而“量身定制”的死亡认定标准却与这一远古恐惧混淆起来。这时，雷米日转向西恩，用大拇指与食指在空气中作出一个庄严的手势：确认患者死亡的医生绝对不允许参与器官提取的工作，绝对不允许；此外——他一字一顿，语音深沉——必须履行双重认定程序，两名医生遵照同一规定、分别在认定死亡的记录上签字——即刻粉碎了罪恶医生蓄意作出死亡认定以便随后攫取患者脏器的剧情，扑灭了将医学黑暗势力与国际器官走私网结合在一起的谣言——嵌入普里斯蒂那①、达卡②或孟买的那些杂乱郊区中看不见的医务室，在棕榈树荫庇下和摄像头的保护下安插在西方大都市富人区的隐蔽诊所。雷米日慢慢总结道：提取器官的外科医生都来自器官接收患者所在的医院。

沉默的泥流，随后再次响起了玛丽安娜低哑的话音，仿佛从一个薄膜袋里发出：手术期间，谁会和西蒙在一起？——着重强调的“谁”赤裸得好像一块石头。我，托马回答，我会在他身边，手术全程我都会在他身边。玛丽安娜缓缓将目光注入他的眼中——碎玻璃的透明——那么您会告诉他们关于他眼睛的事，我们不想捐，您会告诉他们。托马点点头，对，我会告诉他们。他站起身，但西恩和玛丽安娜一动不动地等待着，有某种力量压在他们肩头、将他们往地面压，持续片刻后玛丽安娜说：我们不会

① 普里斯蒂那是科索沃共和国的首都。
② 达卡是孟加拉国的首都。

知道是谁接收西蒙的心脏，对吧？这是匿名的，我们永远都不会知道吧？托马认同这疑问的肯定，这肯定的疑问，他理解这摇摆不定，但明确指出：你们可以知道接收者的性别和年龄，但永远不会知道他的身份；但是，如果你们想要知道移植手术的情况，是可以的，他进一步阐释：如果最终心脏得到移植，器官的接收者将是根据各项医学标准所选定的患者，这些标准都是与性别无关的匹配标准，但鉴于西蒙的年龄，他的器官应该会优先推荐给孩子。西恩和玛丽安娜听过以后，低声交流了几句。西恩提出：我们现在想回到西蒙身边。

雷佛尔站了起来，有别的部门需要他过去，托马陪同玛丽安娜和西恩走到病房门口，他们无言地走着，你们可以单独去看西蒙，我们随后再见。

降下的暮色令房间更加晦暗，寂静也似乎变得更加黏稠。他们靠近褶皱依旧的病床。他们也许想象在下达了死亡报告后，西蒙的外表会有些许衰败，或至少他的样貌会与上次不同——肤色、质感、光亮度、体温。但没有，西蒙就躺在那里，什么都没变，他身体的轻微起伏仍然微弱地带动着床单，以至于他们所遭受的一切在此找不到任何寄托和答语，这震撼如此强烈，他们的思想顷刻有点错乱，他们无所适从、结结巴巴，迷离恍惚，他们对着西蒙讲话就好像他还能听见，又彼此说起他，就好像他已经听不见了，挣扎着将自己维持在语言之中却前言不搭后语，交错碰撞、支离破碎、短路的词语，他们磕绊的抚摸变成喘息、声音和手势，并很快缩减为胸腔内持续的嗡鸣，一种无法感知的震动，仿佛他们从此被驱逐出所有语言，而他们的动作找不到任何时间和地点来切入，于是，迷失在真实世界的裂缝中，陷落在真实世界的沟壑中，他们自己也断裂、破碎、分解，西恩和玛丽安娜竭尽全力靠在床上，好尽量贴近自己孩子的身体，玛丽安娜最终躺在了床沿上，她的头发散落在空中，西恩则将一侧臀部放在床垫上，身体弯曲着将头放在西蒙的躯干上，嘴部正处于文身的位置，这对父母一起闭上眼睛，沉默着，仿佛他们也睡着了，夜幕降临，他们躺在黑暗中。

往下两层，托马·雷米日很高兴能独自一人全神贯注地总结当前的工作进展，并呼叫生物医学署：我们正在对器官进行深入评估——电话另一头的那位女士是该组织的先驱，托马认出她低沉、嘶哑的声音，眼前浮现出她在一间教室中间，课桌排成U形，棕色塑料圈连成的眼镜链带遮挡着她的脸——然后，他坐在电脑前，按照一条迷宫般的路径，输入一连串的识别号和密码，接着，他在数据库中打开了一个软件，创建了一个新文档，并将关于西蒙·兰博尔身体的所有数据仔细地输入其中：这是“水晶”文件夹，当前用于与生物医学署对话的档案与工具，并保证移植器官的可追溯性和捐赠人的匿名性。他抬起头：一只鸟在窗台上跳着，还是那只鸟，它有着凝视的圆眼睛。

托马买下那只金翅雀的那天，炎热用一层蒸汽云将阿尔及尔覆盖，在他海蓝色木窗的公寓里，奥西纳光着腿，身着一件条纹长袍，躺在沙发上扇着风。

楼梯间被漆成蓝色，闻上去有一股小豆蔻和水泥的气味，乌斯曼和托马在半明半暗中爬上了三层楼，从装在房顶上的磨砂玻璃板过滤出的黄色光线摇曳着，难以穿到一层。表兄弟的重逢——热烈的拥抱，然后是快速的阿拉伯语对话，并以开心果在齿间清脆的碎裂声断句——将托马撂在了一边。他认不出乌斯曼在说母语时的脸，其形状发生了特异的改变——下颌收缩，牙龈裸露，眼睛转动，声音来自他的喉咙深处，来自扁桃体后部遥远而复杂的区域，新奇的元音保留在口中然后再从腭下猛然爆出——他几乎变成了另一个人，一个陌生人，托马感到迷惑。就在这时他的到访出现了转机，乌斯曼用法语宣布了他们到访的目的：我的朋友想要听听金翅雀。啊，奥西纳转身面对托马，或许还打算养一只？他问着，向他使了个眼色，刻意表现出狡猾。或许吧。托马笑了笑。

前一天刚到这里，首次穿越地中海，这个年轻人被有着美妙曲线的阿尔及尔海湾和其后高楼迭起的城市完全征服了，白色与蓝色，四溢的青春，沥青便道的气味，哈马植物园里枝杈交错的龙血树，缔造出一个神话故事的穹顶。一种并不性感却经过深入去污、擦洗过的美。他心潮澎湃，全新的感觉撩拨着他，令他思绪纷乱，混合着感官兴奋与对周围事物超敏锐的知觉：生活就在这儿，对他毫无保留，而他也在这里。小手帕里的钞票卷令他的衣兜鼓出个包，他轻轻敲打着，流露出欢欣雀跃。

奥西纳走上阳台，推开木窗，朝大街探出身子，他拍拍手，发出指令，乌斯曼用阿拉伯语发出反对的叫嚷，似乎在说“不用了，真的，别这样”，乞求着，但人们还是端上汤和肉串，一盘盘轻柔如慕斯的谷粒饭食、橙子薄荷沙拉和蜂蜜蛋糕。吃过饭后，奥西纳将一只只鸟笼摆在铺满瓷砖的地面上，根据瓷砖的图案将鸟笼对齐。那些鸟都是如此娇小——十二到十三公分——脖子粗壮，腹部大得不合比例，羽衣不太鲜艳，爪子像火柴棍，还有那一成不变的凝滞眼神。它们站在木质小秋千上，微微摆动。托马和乌斯曼蹲在距离鸟笼一米的位置，而奥西纳则蜷缩在房间墙边的一个厚软垫上。他发出一声类似于约德尔唱法[①]的高叫，声乐表演开始：鸟儿一个接一个地唱起来，然后齐声合唱——一首卡农[②]。两个青年不敢相互对视，不敢彼此碰触。

然而，到处都说金翅雀已经消失了。巴依南姆树林[③]的、卡

---

① 约德尔唱法（Yodel），一种伴随快速并重复进行胸声到头声转换的大跨度音阶的歌唱形式，产生一串高—低—高—低的声音。

② 卡农（Canon）是一种音乐谱曲技法，和赋格一样是复调音乐的写作技法之一，也是利用对位法的模仿技法。卡农同时也指以此种技法创作出来的音乐作品，比如巴赫的《五首卡农变奏曲》。

③ 巴依南姆树林（forêt de Baïnem），位于阿尔及尔省的一片树林。

杜斯[1]的、德利伊布拉西姆[2]的、苏格艾赫拉斯[3]的。哪儿都找不到了。这曾经分布稠密的种群在集中捕猎下几近灭绝。阿尔及尔旧城区住户门口悬挂的鸟笼都空荡荡地摇摆作响，鸟商们的鸟笼中从此都陈列着金丝雀和虎皮鹦鹉，但看不到金翅雀的影子，就算有也是藏在商店里间的黑暗中，像个宝贝一样地守护着，这种鸟的价格因其稀有而不断攀升——资本主义的法则。人们也许还可以在城东艾尔哈拉什周五的夜市里买到，但大家都知道就像巴贝鲁艾德集市上的一样，在那里展出的品种，从未在阿尔及尔山丘中飞舞过，从未在那里耸立的松树和软木橡树树枝上筑过巢，而且也不是通过传统方法（用胶粘住，不会唱歌的雌鸟即刻放生以保证繁殖）捕到的：它们都不具有鸣唱的能力。这些金翅雀都来自摩洛哥边境，在玛格尼亚地区被成千上万地猎获，不论雌雄一律被收入捕鸟网中，然后由一些输送链被运到首都，输送链的筹划组织者都是些不到二十岁的失业者，放弃了让自己饿肚子的活计，参与到残酷的竞争中以便跻身于这项暴利的走私行当——此外，被困在网中的这些金翅雀，大多数都在运输途中因紧张而死。

奥西纳在三钟广场后面的一栋房子里喂养着这些贵重的鸟儿，货真价实的阿尔及尔金翅雀。他手中总是有不下十几只，从没从事过其他行业，他作为金翅雀专家的名声遍布整个巴布瓦迪，甚

---

① 卡杜斯（Kadous），阿尔及尔附近的一处海滨。

② 德利伊布拉西姆（Dély Ibrahim），阿尔及尔省内的一个市镇，位于阿尔及尔市西郊。

③ 苏格艾赫拉斯（Souk Ahras），阿尔及利亚苏格艾赫拉斯省的省会。

至流传至更远的地方。他了解每个品种，掌握其各自的特征和习性，听声音就能说出一只鸟的来源，甚至它出生森林的名字；人们远道而来请求他的帮助，以便鉴定、估价、揭去冒牌货的面具——那些以高出十倍价格被当做阿尔及尔品种出售的摩洛哥金翅雀，被谎称为雄鸟出售的雌鸟。奥西纳不与贩鸟网络合作，他自行捕猎，孤身一人，带着强力胶，出发进行持续数日的远足，声称在贝贾亚和柯罗山谷拥有几处“自己”的角落，回到家里大部分时间都在集中精力疼爱他的猎物。一只金翅雀价格的高低视其歌唱美妙程度而定，于是他努力教会它们一些曲调——据说，苏格艾赫拉斯的金翅雀能够记住一长串的曲目——为此他使用一部老旧的卡带录音机，在清晨连续播放旋律，排斥那些年轻养鸟人的做法——蒙上鸟笼，在上面打开两条缝，插入 MP3 耳机，播放一整夜。但人们对金翅雀的热情不仅限于它歌唱的旋律，他们尤其关注歌唱中描绘的地理特征：金翅雀的歌声呈现出某个地域。峡谷、城镇、高山、树林、丘陵、溪流。它的歌声令人看到一片风景，认识一个地形，触摸到一种地质，感觉到一种气候。地球上的一块拼图在它的喙中显现，就像神话中的女巫吐出癞蛤蟆和钻石，就像寓言中的那只乌鸦掉落奶酪，金翅雀咳出一块硬质的、散发着气味的、伸手可及的、彩色的实体。奥西纳的十一只金翅雀联合演出，描绘出一片广阔地区的声音地图。

他的客户，一些打着领带、戴着金边墨镜的商务人士，多数裹在灰色或米色西服里，在一个下午跑到他家，好像那些寻找毒品的瘾君子。鸟儿们开始歌唱，这些购买者回忆起自己穿着凉鞋行走在松针里的旅程，一捧捧的仙客来和粉色的乳菇，他们解开衣扣，喝下柠檬水，鸟儿的贵贱视其歌声质量而定，从而排出价位高低。奥西纳过着富足的生活。一天，一家石油公司的年轻继承人用他的汽车，一辆标致 **205** 换得了他从来未能捧在手里的最后一只巴依南姆金翅雀，这一惊人事件成就了这位养鸟人的传奇，而他对此却显得十分坦然：那只鸟就值这个价，它比神话里的镇尼[①]或神灯的精灵更美妙，这不仅仅是一只鸟，而是遭到破坏正在消亡的森林和它周围的大海，以及其中的所有生物，一言以蔽之，它就是创世本身，是童年。

演唱会后，开始了冗长的对话。你喜欢哪一只？奥西纳问托马——他几乎是贴着他的脸说话。乌斯曼看着他的朋友，饶有兴味地在一旁观察。你喜欢哪一只，说出来，别怕，它们每一只我都喜欢！托马指出一个笼子——里面的小动物停止了摇晃。奥西纳看了一眼乌斯曼，点点头。他们用阿拉伯语交流了几句。乌斯曼笑了起来。托马觉得自己被愚弄了，他后退一步，躲到一排笼子的后面。房间中的沉默在膨胀，托马的手滑进衣兜里，手指搜寻着手帕。他不加掩饰地跺着脚，想说“我们走吧”又不敢。奥西纳告诉他那只鸟的价格。乌斯曼轻声解释道，这是一只柯罗的鸟，白蜡树，榆树，桉树，它很年轻，你可以把它养大，教它东西，这是我们村子的鸟。托马突然之间被迷住了，透过笼子的栏杆轻轻抚摸这小东西的脊背，他长久考虑之后展开那卷纸币——走下楼梯时他对乌斯曼说，但愿你拿到了你的那份。

---

① 镇尼（Genie，也可音译为精灵、杰尼）是伊斯兰教对于超自然存在的统称，由阿拉用无烟之火造成。镇尼有善有恶，会帮人也会害人，还能任意改变形体。

西恩和玛丽安娜走出病房。托马正在那里，在门口等着他们。他们张开嘴，却没有声音，好像要说什么，一些商量好的话，托马主动开口，你们请说吧，我的工作就是倾听，西恩艰难地发出每个音，提出他们的请求：西蒙的心脏，到时候，你们让心跳停止的时候，告诉西蒙，我，为了，请告诉他，我们都在他身边，我们想着他，我们亲爱的宝贝，玛丽安娜接过话来：还有露，还有朱丽叶，还有外婆；然后又是西恩：大海的声音，要让他听到，他递给托马一对耳机和一个数码随身听，第七首，都已经准备好了，好让他听见大海的声音——他们思维的跳跃好奇特——托马同意完成这些仪式，以他们的名义，一定做到。

他们渐行渐远，然而玛丽安娜又最后一次朝病床转过头，此刻令她呆在原地动弹不得的是西蒙身上散发的孤独，从今往后像个物体一般形单影只，仿佛他脱去了他人性的部分，仿佛他断绝了与一个群体的联系，已经不再参与到一个意愿和感情的网络中，而是从此流浪，变形为一种纯粹的东西。西蒙死了，她第一次对自己说出这句话，陡然间惊骇不已，四下寻找西恩却看不见他，匆忙走到楼道里，发现他靠着墙虚弱地蹲着，像她一样遭到西蒙孤独的辐射，像她一样在这一刻确定他死了。她在他面前蹲下，双手托着他的下巴，让他抬起头，来，过来，我们离开这儿吧——而她想对他说的是：结束了，来吧，西蒙已经不在了。

手机响了，托马解读显示屏，三步并作两步朝他的办公室走去，突然间急不可待，走在他旁边的西恩和玛丽安娜察觉到这加速，本能地意识到是他们离开的时候了，即刻觉得很冷，之前还令他们皮干口渴的这些供暖过度的楼道此刻已变成冰冷的走廊，他们重新扣好外套，竖起衣领。西蒙的身体将被转移，消失在一个闲人免入的秘密地点，手术室，外科操作的舞台，它将被打开，里面的内脏将被掏走，然后再被关闭、缝合，而这些只要片刻——一个夜晚——事态的发展已经完全脱离他们的掌控了。

情况的紧迫性瞬间改变了方向，压力在他们的运动中、举手投足中回落，在他们的意识中也不再坚持，转而流向他处，流向医院协调办公室，托马·雷米日在里面已经开启了与生物医学署的对话，流向运送他们儿子尸身的担架员的动作中，流向正在分析屏幕上图像的人们的目光中，流向远方，流向其他医院和其他科室，在其他同样洁白的病床上，流向其他同样无奈的家庭中，他们从这一刻起手足无措，不知如何是好，当然，他们可以留在医院，坐在旧报纸和页缘肮脏、卷角的杂志前，等到十八点零五分，第二次脑电图结果依法确定西蒙死亡，或者下楼在自动贩卖机上取杯咖啡，他们想做什么都可以，但有人已经轻柔地提示过，要安排一个多器官提取手术需要几个小时，他们得知道，随后的手术还将持续一段时间，这可不是轻而易举就能搞定的，于是有人建议他们最好回家，你们也许该好好休息休息，后面还有很多事情需要耗费精力，这边有我们照顾他——而当他们再一次穿过医院大厅的自动门时，他们孤零零地站在这个世界上，疲劳如海啸般迎面袭来。

.123

她黎明时分走出巴黎城铁的“平原—法兰西体育场”站，与当前持续不断的汹涌人流逆向行走，随着比赛开始时间逐渐接近，人群也越来越密集，并混合在一种集体焦躁之中——赛前的兴奋和猜想，复习歌曲和谩骂，一些德尔斐神谕①。她转身背对着这个庞大、赤裸的体育场，漠视它那厚重的锚固，像只夜间着陆的飞碟般荒诞不经而又无可争辩，她在铁轨下面经过的通道中加快了步伐，然后，重新接触到自由的空气，她沿着法兰西体育场大道行走了二百米，经过了各个服务公司、银行、保险公司和其他机构的总部，它们平滑、白色、金属、透明的墙面，来到一号门前，她在包里摸索了好一阵，最终脱去手套仔细寻找，然后将所有东西都腾到入口的地面上，跪在冰冻的便道上，一个家伙从里面向她投来冷漠的眼神，他谨小慎微地揭开一瓶液体酸奶的盖子，避免将自己漂亮的海军蓝西装弄上半点污迹，接着，她奇迹般地在一个口袋底部摸到了自己的磁卡，收起所有物件，进入前庭。我今天值班，我是生物医学署的医生，她没看他一眼，以沙哑的声音对他说，穿过大厅时她敏锐的眼睛捕捉到一包特醇万宝路和摆放在旁边的平板电脑，他肯定在那上面看了一夜的电影、足球赛和烂片，她这样想着，有些恼火，一上到二层，行进二十几米，

① 德尔斐神谕，由阿波罗女祭司皮媞亚在古希腊德尔菲神庙传达的阿波罗神谕。

她在楼道左侧推开了法国器官分配中心的大门。

玛尔特·卡拉尔是个六十多岁的小个子女人，深肤色，圆胖，赤褐色头发，丰满的胸部和有赘肉的腹部包裹在一件贴身的淡粉色开襟羊毛衫中，球形的臀部上穿着一条稍显宽松的棕色毛料裤子，她的腿较细，隆起的小脚上是一双平底低帮便鞋；她平时吃的都是芝士汉堡和尼古丁口香糖，而在此刻她的右耳朵因为整日贴在各种电话（工作手机、私人手机、传呼机和座机）听筒上而又红又肿，最好别没事打扰她，最好无影无声，因为她现在正在向托马了解情况：你们那里怎么样了？托马回答：可以了。她冷静地说：好，把他的死亡鉴定书发给我，我好看一下名册档案，可以听到托马确认的声音：我刚刚给你传真过去了，捐献者的“水晶”文件夹我也都备好了。

玛尔特挂掉电话，朝传真机走去，她前额上的深沟一直垂到鼻梁的上方，宽边眼镜上挂着环状的链子，口红流进了嘴唇的细纹中，身上散发着洗发水的香气和领口中藏匿的冷烟草蒸汽，那页纸就在那儿——证明西蒙·兰博尔死于十八时三十六分的鉴定书——她现在来到那间一墙之隔的办公室，里面收藏的是全国拒绝捐献器官名册，这一高度保密的文档只有十几个有资质的人员可以查阅，而他们也只有在有关人员已通过法律文书确定死亡后才能查阅这一文档。

回到她的办公室，玛尔特·卡拉尔通知托马没有问题，然后双眼盯着电脑屏幕，打开“水晶”文件夹，点击里面的各个文件、综合信息表、每个器官的医学评估、CT扫描影像、超声波照片、各种分析，她全面审核所有信息，立刻发现西蒙·兰博尔从属于较为稀有的血型（B负型）。文件夹里面的文件都齐了。玛尔特确认并给了它一个识别号，这个编号可以保证捐献者的匿名：从这时起，西蒙·兰博尔的名字将不再出现在生物医学署与各个医院的对话中。可移植器官的分配程序开始了。它涉及一个肝脏，两个肺脏，两个肾脏，和一颗心脏。

夜幕降临。林荫路的尽头，体育场被灯光照亮，它椭圆的形状——一颗蚕豆——在天空中描摹出一个灰色的光环，周日晚间的航班不时从中穿过。现在，是时候找到那些等待的人了，他们分散在全国，有时在国境线的另一侧，这些人根据需要移植的器官被登记在不同的名单上，每天早上醒来他们都会问自己，他们的名次是否变化了，他们在名单上是否前进了，这些人被他们器官的状况牵制住，无法对未来有任何设想，限制着自己的生活。有把达摩克利斯之剑悬在头上的境况，是难以想象的。

他们的病例都集中在玛尔特·卡拉尔正在查阅的电脑里，她吸吮着一颗尼古丁片，看了一眼手表想起自己忘了通知女儿和女婿不能与他们共进两个小时后的那顿晚餐了，她不喜欢去他们家，此刻她清楚地组织出这个句子：我不喜欢去他们家，那里太冷——但说不出到底是那公寓刷了酪蛋白涂料的漂亮墙面令她寒毛直竖，还是因为那里没有烟灰缸和阳台，没有肉、杂乱和压力，或者是那些马里的高脚凳和充满美学设计的转角躺椅，摩尔式的盘皿中盛放的素食菜汤，散发着新切牧草、木柴篝火和野薄荷香氛的蜡烛，每晚按时早早上床、躺在印度天鹅绒被下睡去，那种有格调的满足，在他们整个王国弥漫的这种温柔的无力，又或者是这对夫妇令她恐惧，这对夫妇在不到两年的时间里将她的独生女吞噬，令后者在多年独来独往的自由漂泊后在这如绵软香脂般安全的夫妻生活中融化分解：她那个激情四溢、通晓多国语言的女儿已然不复存在了。

在一个专用软件中，玛尔特·卡拉尔输入了有关西蒙·兰博尔心脏、肺脏、肝脏和肾脏的全部医学数据，然后启动搜索引擎，好在等待器官移植的病人名单中筛选出适配接收者——对于肝脏和肾脏，配对分值要更加精细。找到适配的接收者后，器官移植还要与地理位置的实际情况合并考量，器官提取地与植入地描绘出一幅充满张力的地图，它涉及在有限的时间（器官的生存时间）内需要跑完的路程，如此便需要组织物流，评估路程公里数和时限，找到机场和高速路，火车站、飞行员和飞机，专用车辆和有经验的司机，以至于这项工作的地理维度在为数不多的获选病人中又添加了一个新的参数。

捐献者与接收者之间第一个配对标准是他们的血型适配性，也就是 ABO 适配性，心脏移植不仅需要同血型，还需要同 Rh 因子[①]，鉴于西蒙·兰博尔属于 B 负型血，第一层筛选立刻就把近三百名等待器官病人的初始名单缩短了一大截——玛尔特·卡拉尔加速敲击键盘，可以感觉到她在寻找接收者的道路上一往直前，

① Rh 血型系统（Rhesus），意为恒河猴血型系统，重要性仅次于 ABO 血型系统，主要指人类红细胞表面有无 RhD 抗原。

全神贯注，血脉偾张，可能在这一刻已经忘却一切。她接下来要核对 HLA 系统的组织相容性，它同样重要：HLA（人类白细胞抗原）编码是每个人的生物身份证，作用于身体的免疫机能，虽然找到与接收者 HLA 完全相同的捐赠者几乎是不可能的，但双方的 HLA 编码应该尽可能接近，以便为器官移植创造最好的条件，降低排异的风险。

玛尔特·卡拉尔将西蒙·兰博尔的年龄输入了软件，如此儿科部门的接收者将最先得到征询。然后，她查看是否有超紧急状态（超紧）的适配病人，也就是说一个当前有生命危险、随时可能死亡的病人在该名单上处于优先位置——此外，她仔细采用一种精细的筛选程序，每个筛选步骤的逻辑都承上启下，环环相扣。对于心脏，除了血型和免疫系统适配以外，器官的机体构造、形态、大小也要纳入考虑范围，身高和体重条件再次削减了候选接收人数——比如，一个高大强壮成年人的心脏不能移植到一个儿童的体内，反之亦然——而移植手术的地理位置则由一个不可触犯的数字确定了：从它在捐献人体内停止的一刻到它在接收人体内重新跳动之间，心脏可以保存四个小时。

搜索结果逐渐明朗，玛尔特的脸靠近电脑屏幕，瞪大的眼睛在镜片后面变了形。她熏黄的手指猛地在第三节指肚内侧停住了鼠标：心脏方面，发现了一个紧急病案，一名女性，五十一岁，血型 B，一米七十三，六十五公斤，现在皮提业—萨尔佩特里埃尔医院就诊，主治医生阿尔方教授。她花时间将屏幕上显示的数据前后阅读了两遍，明白她即将打出的电话将带来线路另一头整个系统的紧急加速，所有大脑神经的电流冲动，所有机体的能量注入，换句话说就是希望。

喂，这里是生物医学署——部门秘书处的专注和敏捷度即刻上升——从电话总机沿分机直到手术室的电话铃声此起彼伏，接着是一个直率的声音，阿尔方，请讲，玛尔特·卡拉尔开讲，迅速而明确，我是卡拉尔医生，生物医学署的，我有颗心——太疯狂了，她用这样的词语说了出来，带着四十年香烟锈迹的声线和随着舌头的运动在口腔内跳跃的尼古丁药丸——我有颗心，跟你们科一个等待移植的女病人适配。反应立竿见影——没有丝毫沉默的空隙——：好，把案卷发给我。卡拉尔总结道：已经发了，你们有二十分钟时间。

在这之后，玛尔特·卡拉尔沿屏幕上显示的接收者名单下降一行，拿起电话呼叫南特医学院附属医院，另一个心脏外科，同样的对话，这次是一名七岁的女孩，等待器官移植将近四十天，玛尔特·卡拉尔强调，得先等皮提业那边的回复，然后，还是那句话：你们有二十分钟时间。第三个得到通知的是马赛的提莫讷医院。

等待开始了，其间穿插着圣但尼的医生与勒阿弗尔的协调员之间连续不断的电话呼叫，以便及时沟通他们对这一操作的看法和流程安排，准备手术的组织工作，并随时获知捐赠者的血液动力学状况——目前十分稳定。玛尔特·卡拉尔很熟悉托马·雷米日，曾多次在生物医学署组织的培训课程上遇见他，在这些研究班上她曾作为麻醉医师和这一组织的创始先驱为学员们进行讲解，她很欣喜今天的联络人是他，她信任他，知道他做事稳健、讲技巧、有分寸，是个所谓的靠得住的家伙，更令她欣赏的是，他的专注抑制着他的浮躁，除了适度的张力以外从不显露出其他东西，以及在每次器官移植程序的初始阶段，在这个如此令人轻易陷入人间悲剧滥情的环境中他对歇斯底里惊人情节的不屑——有个这样的家伙，是全世界之幸。

关于肝脏、肾脏和肺脏的回复在同样的征询程序后陆续到来——斯特拉斯堡要了肝脏（一个六岁小女孩），里昂肺脏（一个十七岁少女），鲁昂肾脏（一个九岁男孩）——而此刻在那里，在体育场的转角处，人们像启动一个行动计划一般以一个利索的动作拉开夹克拉锁，刺拉——都是些黑色摩托骑手皮夹克和带橙色内衬的卡其色飞行员尼龙夹克——此刻人们将球迷围巾的一侧朝自己的脸上甩去，就像匪徒在打劫运钞车的一刻，或是游行的大学生面对催泪瓦斯，而数百只手熟练地抽出藏在毛衣下面的烟幕弹（别在背后的裤腰里）——但这些东西是怎么通过安检的？当他们得知载着球员的大巴车到达了沙贝尔门，第一批烟弹已经拔掉拉环，红烟、绿烟、白烟，看台上叫嚷声一波高过一波，这时一条横幅展开：“经理、球员、教练，全体下课！”观众席的景象蔚为壮观，拥挤而紧凑，一个充满力量与攻击性的整体，一个散发着敌意的集合，以至于此刻即将融入其中的人们加快了脚步，神情痴迷，而位于前方的安保人员个个脸上皱纹密布，开始疾步奔跑，裹着西装，外套敞开，领带在肚子上翻飞，他们在对讲机里叫嚷着，北面转角过度兴奋，不能让它失控，谩骂声四处飞扬，茶色玻璃的大巴车刚刚驶下高速公路，这些舒适静音的车辆此刻绕着球场的 VIP 车道开到球员专用入口前。玛尔特站起身，打开窗子：几个人影从生物医学署大楼前经过，沿林荫道朝体育场的方向奔跑着，那是些熟悉地盘的街区青年，她给女儿发了条简要的短信——医学署有急事，明天给你电话，妈——随后她用口香糖盒子轻轻敲打着阳台栏杆，一只手捧在倾倒嘴下面，发现盒子空了，咬了咬嘴唇——她知道自己曾将几根香烟散布在这间办公室里，开发出各种各样自己已经想不起来的隐藏处，但此刻她还是决定继续咀嚼嘴里的尼古丁口香糖。

她想象这一刻数千人集结在那里，环绕着一片草坪，那草坪青翠欲滴，简直就像用油漆刷成的，仿佛每片草叶都被涂上了一种树脂、松节油或薰衣草的混合物质，这种物质在溶剂蒸发后形成了一种固体透明的银光薄膜，就像为新棉布上浆了一般，在草叶上打了一层蜡，她想象在为西蒙·兰博尔的器官配对的这一刻，在将这些器官分发到各个病体中的这一刻，在那里，数千个肺脏共同吸气胀起，数千个肝脏都灌满了啤酒，数千个肾脏正一齐过滤着人体内的各种物质，数千个心脏在大气中泵动，她突然为世界的碎片性震撼，惊讶于同一地域内现实的绝对不连贯性，人类被喷射到无穷发散的行程轨道上——她以前曾感到过这种焦虑，那是一九八四年三月的一天，她正坐在 69 路公交车前往第十九区的一家诊所做人工流产，当时她独自一人抚养着六个月前降生的女儿，雨水在车窗玻璃上汇成溪流，她环视着周围乘客的一张张脸，都是些每天上午在巴黎公交车上会看到的面孔，那些眼神都躲闪着瞥向远方或专注地凝视着一个图文说明的安全提示，流连在停车请求按钮上，迷失在某个耳郭的内部，那些目光都相互回避着，几个提着买菜大手袋的老太太，用婴儿背带背着孩子的年轻妈妈，前往市图书馆阅读每日期刊的退休老人，几个长期失业者穿戴着稍显污秽的西服领带，陷在他们的报纸中却怎么也看不进去，页面上闪不出一星点含义的火花，但他们却紧抓着这张纸仿佛如此便能让自己留在这个世界上，尽管这里已经没有他们的位置，他们在这里将很快找不到存在的方式了，他们中有些人有时离她不过二十公分，却全然不知她将要做什么，她作出了两个小时后将变得不可逆的决定，那些人过着自己的日子，除了在骤雨中共同乘坐的这辆公交车以外他们与她之间没有任何交集，除了那些破旧的长椅，这些像上吊绳一般从天花板上垂下的肮脏的塑料手环以外，没有任何分担或共享，每个人都有自己的生活，每个人都有自己的路，就是这样，她感到自己的眼睛里噙满泪水，用力抓紧金属杆好不让自己瘫倒，或许在这一刻她感到了孤独。

十九点三十分响起了第一串警笛。她关上窗户——好冷——还有一个小时比赛就要开始了，要控制住球迷们的兴奋躁动看上去很难，所有这些心在一起，太多了，今晚是谁跟谁对阵？时间在流逝。玛尔特·卡拉尔重新审视着第一个案卷，对它与捐赠者之间的匹配格外满意，找不出更好的对象了，皮提业那边在搞什么呢？就在此刻电话响起，是阿尔方：我们要了。

玛尔特·卡拉尔挂掉电话后立刻呼叫勒阿弗尔，通知托马一个来自皮提业-萨尔佩特里埃尔医院的医护小组将与他联系以安排小组的到访，器官接收人是阿尔方教授的一个病人，你认识阿尔方教授吗？听说过。她笑笑。补充道：那边小组的水平很高，他们知道该怎么做。托马看看手表，向她宣布：行，我们将准备器官提取，预计三个小时后进手术室，再联系。他们放下电话。阿尔方。玛尔特高声说出这个姓氏。她也听说过。在认识他以前就认得这个姓氏了，这个好听的姓氏，这个奇特的姓氏在巴黎各大医院的楼道里已经游走了一个多世纪，人们只需提醒对方“那个人姓阿尔方”便足以终结关于一名医疗工作者优秀与否的对话，人们还用“阿尔方王朝”来描述这个为医学院提供了数十名教授和医护人员的家族，家族成员中那些夏尔-亨利和路易，那些儒勒，随后的那些罗贝尔和贝纳德，还有今天的那些马修、吉尔和文森特①，哪个没有在公立医院出过力——大家都是国家的公仆，他们喜欢这样想，然而他们会去纽约跑马拉松，冬季在谷雪维尔②滑雪或在莫尔比昂海湾③驾驶着碳素纤维的单体船扬帆竞渡，如此与医疗圈唯利是图的多数从业者泾渭分明，然而他们中不少人，特别是年轻人，除了医院门诊之外，还在绿树成荫的宁静街区开设私人诊所以提高收入，偶尔与家族其他成员联手以便令诊所的业务涵盖人体的所有疾患，并向那些超负荷运转的商务人士提供快速体检（那些忙碌的家伙不时为胆固醇超标、毛发荒漠化、前列腺毛病和力比多衰退而烦恼），家族中有五代肺脏专家按照子承父业世袭而成，他们在传递主教宝座和科室管理权时首选长男；

① 夏尔-亨利、路易、儒勒、罗贝尔、贝纳德、马修、吉尔、文森特都是法国比较普遍的名字，阿尔方则是个姓。

② 谷雪维尔（Courchevel），位于法国萨瓦省的谷雪维尔镇，是阿尔卑斯山脉的一处高级滑雪度假胜地。

③ 莫尔比昂海湾（Golfe du Morbihan），位于法国布列塔尼的一处东西长20公里的内海，海内散布着大小岛屿，以其秀丽的风光备受游人喜爱。

家族中曾有一个名叫布里吉特的女孩，在巴黎医学院一九五二年的公开招考中排名第一，却在两年后放弃学业，断定自己爱上了父亲的一名学生，但事实上她是屈从于某种隐晦的压力，被迫给族群中的年轻男性腾地方，扩大他们的生存空间；这些男性中包括这位外科医生，埃曼纽尔·阿尔方。

她记得自己在住院实习期曾与一伙学生混过一段，他们的首领就是一对阿尔方堂兄弟。两人中一个在儿童心脏科，另一个在妇科。他们都有着“阿尔方的羽毛”，前额中央都长着一绺不平服的白发，被他们向后按压在深色头发上，家族的印章，可识别的徽标，传奇的踪迹，集结在我白翎的周围①，这炫耀的资本恰如其分地用于削弱女孩们的戒备；他们穿的是李维斯**501**牛仔裤、牛津纺衬衫、带花格内衬的米色风雨衣（衣领竖起），从不穿篮球鞋出门，虽然鄙视带坠子的莫卡辛鞋②脚上却总是一双丘吉斯③，他们中等个子，关节粗大，肤色苍白，眼睛呈金黄色，嘴唇细薄，喉结十分显著，以至于一看到它在他们喉咙的皮肤下滑动，玛尔特便不由自主地咽下唾液；他们彼此都很相像，样子都与这个埃曼纽尔·阿尔方差不太多，这个比玛尔特小十岁、在皮提业一萨尔佩特里埃尔医院修复和移植心脏的埃曼纽尔·阿尔方。

这个男人在学术研讨会开始的一刻准时走下阶梯教室的台阶，目不斜视，从最后一节阶梯跳下，借着冲力矫健地跃上讲台，手

---

① 原话出于法王亨利四世，他在伊夫里（Ivry）战役前将白翎插在自己的头盔上，并对他的支持者发出这句号令。

② 带坠子的莫卡辛鞋被视为白人男性中产阶级的专属品。

③ 丘吉斯（Church’s），英式高端皮鞋。

里拿着一页他不打算读的文稿，不向观众打招呼便开门见山，偏爱果断的入场，短平快的进击，直奔主题，不理会寒暄客套，也不报上姓氏，就好像教室里的每个人都应该知道他是谁，即阿尔方，阿尔方的儿子，阿尔方的孙子，大概也是为了让午后不免昏昏欲睡的观众都坐起来，这些人在附近那些为开会而预定的餐厅里享用过众所周知的工作餐后都有些萎靡不振，在这些临时改造的食堂里，喇叭口红酒玻璃瓶在纸质桌布上排成一溜，里面盛放的永远是这高比耶[①]，朴实而醇厚，配半生红肉十分适宜，阿尔方一开讲，整个阶梯教室便从餐后消化的懵懂中惊醒，看到他纤瘦、强健的身形都暗自想起他是一支一流自行车队的领队，这支车队曾代表医院参与各种选拔赛，他们中的每个人在这一活动不与工作冲突的情况下都情愿每个周日早晨骑上两百公里，他们都准备好为此而早起，尽管他们要为不能多睡一会儿而痛苦挣扎，尽管他们不能再抚摸他们的妻子，做爱，与他们的孩子一起玩耍，或仅仅听着广播无所事事地闲荡，在这样的清晨，他们浴室的灯光总是比往常更加明亮，烤面包的香味总是更加诱人，这些家伙都希望能够跻身这奇特的朋友圈，他们情愿付出高昂的代价，甚至经过惨烈的竞争好被阿尔方选中——“指定”这个词应该更合适，因为阿尔方会突然意识到他们的存在，用食指指着他们，头歪向一侧好评估他们的体格，确认找到个潜在的对手，这时一个诡异的微笑显现在他的脸上，问道：您喜欢自行车吗？

在阿尔方身旁蹬车，在他的背后骑上几个小时，让他们甘心

① 高比耶（Corbières），法国奥德省（Aude）南部出产的法定产区葡萄酒。

面对怒不可遏的妻子（后者因此被迫在周日单独陪孩子到下午四五点）、她们恶毒的挖苦——别担心亲爱的，我知道你是为这个家而自我牺牲、她们的指责——你只想着你自己，和她们打量着丈夫的肚子说出的那些令人恼火的话——小心别心肌梗塞，让他们甘心到家时面红耳赤，筋疲力尽，双腿难以支撑身体，屁股疼得让他们做梦都想泡个臀浴，却瘫倒在他们看到的第一张沙发上，或是床上，享受一个辛勤劳作后应得的午觉——而这窃取的休憩自然会再次引起那些妻子的怒火以及她们对男人的自私、他们愚蠢的野心、他们的顺从、他们惧怕衰老的指责的重复回放，她们双手伸向空中，激愤地高声宣讲，或双手叉在后腰上，挺着肚子，不断地纠缠他们，一出意大利喜剧——恢复体力，就让他们甘心流连在电脑上，好立即从专业网站买下一件臀部软垫、一件配套的自行车紧身短裤和相应的全套装备，最终因不堪忍受而朝公寓另一头不停抱怨的女人嚷道“闭嘴！”，最终把她弄哭了，然而这的确很奇怪，因为她们中没有一个人支持这一男性事业，没有一个人出于野心或单纯因为性格温顺而鼓励自己的丈夫跨上自行车，追随阿尔方，骑行在舍弗勒斯山谷①的公路上，在轻盈与耐力中炫耀着速度，是的，没有一个上当的，而当她们聚在一起闲聊时，她们会哀叹自己的丈夫就这样被悄无声息地征调了，偶尔甚至会引用《利西翠妲》②中的段落，打算发动性罢工，好让男人

① 舍弗勒斯山谷（Vallée de Chevreuse），位于法国法兰西岛地区的一个山谷。

② 《利西翠妲》（Lysistrata），由古希腊剧作家亚里斯多芬尼兹创作的一部“女性主义”喜剧，剧中主角利西翠妲感慨希腊男人只热衷以兵戎相见来解决争端，于是号召妇女同胞发动性罢工，并把持财权，以战止战，借此逼迫男人结束战火，最终喜获和平。

们停止他们的谄媚逢迎，或者她们会在相互描述自己老公在骑行后疲惫不堪的样子时笑得前仰后合，然后得出结论：这其实挺好，他们喜欢就让他们去吧。他们去骑骑车，累个半死，相互之间亦敌亦友，彼此欣赏并竞争着，很快她们中便不再有人会清晨六点起床，准备好一杯咖啡并用充满爱意的手递给自己的丈夫，而是全都留在床上，蜷缩在被窝里，头发蓬乱，温热地呻吟着。

玛尔特·卡拉尔上一次听到阿尔方讲话，是在他的一次报告会上，当时他对环孢素这种在二十世纪八十年代初对器官移植产生革命性影响的防器官排斥药品的使用方法进行了精彩的演讲，在十二分钟内对这一免疫抑制剂——其使用能够降低器官接收者组织的抵抗力，从而抑制人体对植入器官的排异风险——的历史进行了综合概述，接着他将一只手插到头发中，将那绺令他免于自报家门的白发从前额捋到头顶，随即陡然问道，有问题吗？心中数秒，一，二，三，最后以心脏移植的终了作为报告的结语，指出心脏移植即将成为过去，因为是时候将人造心脏纳入考虑范围了，作为法国一家实验室研发的高科技神奇产品，其初期的试验已经在波兰、斯洛文尼亚、沙特阿拉伯和比利时等国得到批准。这一重九百克的生物假体由一位享誉世界的法国外科医生花费二十年研制而成，并将被植入到心脏机能严重不全且有生命危险的患者体内。这一结语令全场有些躁动不安，某种嘈杂漂浮在观众席上空，唤醒了那些昏昏欲睡的人，仅仅是心脏假体这一概念就成功消除了这一人体器官的象征力量，尽管大多数人都朝着自己的笔记本点头赞同，忙着将阿尔方的话语以电报公文的形式记录下来，他们中有些人却因激动和隐约的不快而摇着头，甚至可以看到有几个全神贯注的听众，将一只手插入他们西服中，平放在领带下方的衬衣里，紧贴着自己的心脏好感觉它的跳动。

比赛开始的哨音已经吹响，球场的嘈杂逐渐变为持续而有节奏的咆哮——一个门框内射门，防守反击一方的跑动突然表现出威胁性，一个技术动作，一个猛烈的剐蹭，一个进球。玛尔特·卡拉尔向后仰靠在椅背上，捐献者的器官已经妥善分配，交通路线确定，各个医疗队组建完成，一切都已进入正轨。而雷米日也有能力控制局面。但愿在提取时不出意外，她在想，但愿那些扫描、超声波造影和化验所提供的所有信息或疑点已经囊括了器官性状的所有方面。她现在很想吸一小支烟，再配上一小瓶啤酒和一个美味的烧烤酱芝士汉堡，启动咀嚼好榨出这口香糖里残余的一点微量尼古丁，一种淡薄的味道、香气的回忆，她想起门口的那个保安，现在肯定正低头盯着他的电脑屏幕看比赛，那包特醇万宝路就放在他的手边。

当考尔德莉亚·乌尔在雷佛尔面前晃动一包香烟时，电梯门正在关闭，我下楼歇会儿，就五分钟，她在逐渐变细的门缝中间对他摆了摆手，随后浮现的是她自己的脸，模糊地映在电梯门金属面上，后者没有照镜子的清晰，只能描摹出一个面具——柔韧的皮肤和明亮的眼睛不见了，熬夜后的余韵不见了，这兴奋的美丽也不见了：她的脸仿佛变了质的牛奶，线条塌陷，肤色浑浊，一个近乎黄褐色的灰色橄榄呈现在内眼角的眼圈深处，她颈部的吮痕都变黑了。独自身处电梯中，她随即将香烟放回衣兜，又从另一侧衣兜里掏出手机，瞟了一眼，还是什么都没有，查看手机标示栏，打个冷战，再仔细看看，啊，没有信号，连一缕溪流、一星火花都没有，她立刻重拾希望，他可能试着打电话却打不通，刚降到一层，她便跑到医院工作人员专用的侧门，一推推杆，来到楼外，荧光灯在致密的冰冷中划出的苍白区域内，三四个人蹦蹦哒哒地抽着烟，几个助理护士和一个男护士，她都不认识，寒气逼人，无法辨别哪些是烟哪些是他们呼出的二氧化碳。她将手机关机再重启，让系统从零开始，免除自己的一切怀疑。她裸露的胳膊转眼间就冻成了蓝色，很快她便四肢发抖。这儿有信号吗？她转头问那伙儿人，回答的声音相互叠加，有，没问题，我有，我也有，手机刚一重启完毕她便马上查看——她对自己正在做的这些事难以置信，但此刻她可以肯定，她的语音信箱里没有任何留言，可以肯定只有不再去期盼才终有可能发生些什么。

信号满格，却没有任何消息。她点燃一支烟。站在她前面的一个家伙对她喊道，您是重症监护部的，对吧？那是一个发色棕红的高大男人，梳着飞机头，左耳上戴着一只耳环，长长的手上手指泛红，指甲很短。对，考尔德莉亚垂下瑟瑟发抖的小下巴颏答道，她虚弱无力，浑身冻得都是鸡皮疙瘩，在轻薄的褂子下不停哆嗦，连肚子都疼了，她像抓住根救命稻草般紧紧抓住那根烟，像个疯子般猛抽着，突然间感到眼睛灼烧，热泪盈眶，那个家伙看着她微笑道，嘿，还好吗？您怎么了？没什么，她回答，没什么，就是冷，但那个家伙走了过来，重症监护部那边很不容易吧，总是能看到一些挺严酷的事，是不是？考尔德莉亚抽了抽鼻子，吸了口烟，没有，我挺好，就是冷，真的，还有累。泪水顺着她的面颊流下，缓缓地，染着睫毛膏的颜色，那是从激情中清醒过来的女孩的泪水。

她体内一切蓬勃向上、激情四溢的冲劲，这飞速的轻佻，洒脱与残忍，这天下午她在重症监护部的楼道里还迈着的女王的步伐，所有这一切都转瞬间泡了汤，索然地坠在她的大脑中，沉重而孱弱：过了二十三岁，她便有了二十八岁，过了二十八岁，她便有了三十一岁，时间飞逝，而她此时将冰冷的目光投向自己的人生，这目光将她生活的各个方面都一一鞭挞——蟑螂横行、绿苔在地砖接缝蔓延的潮湿单间公寓，银行贷款带给她的那些无用的物品，沦为新建家庭边缘关系的生死之交（她对这些夫妻日夜守护的摇篮提不起任何兴趣），充斥着压力的日间工作和冷板凳女人们的夜晚聚会，展露着完美脱毛的光滑皮肤，在昏暗的沙发酒吧里叽叽喳喳，一排单身女性强颜欢笑，她最终总是无奈加入其中，出于懦弱和机会主义心理，此外就是寥寥无几的性爱段落，在破旧的床垫上，贴着满是烟垢的停车场大门，通常对象是一些笨拙、匆忙、吝啬，其实不太可爱的家伙，加上足量的酒精以粉饰一切，就是这样；遇到的唯一一个令她心动的人是个撩起她的发缕好为她点烟、轻柔拂过她太阳穴和耳郭的家伙，他将闪现的艺术演绎到最高境界，事实上，他会随时随地冒出来，令人无法预料他的这一行为，仿佛他必须躲在一根电线杆后面，猛然探出头，好在一个傍晚金色的余晖下让她吃一惊，深夜从附近一家咖啡厅打来电话，或一天早上从街角朝她走来，并总是以不辞而别收尾，高超的躲闪技巧，随后再次现身，这是从头到脚浇下的一盆冷水，任何东西都无法抵御，甚至她的脸也不能，她的身体也不能，尽管她还是花了心思护理的——每周几管瘦身霜和沃邦码头①一间冰冷大厅中一个小时的美体伸展操——她形单影只，美貌不再，她倍感失落，咬牙顿足之间她的幻灭蹂躏着她的边疆和腹地，令人们面容阴郁，动作粗陋，意向歪曲，这幻灭膨胀着，扩散着，玷污河流和森林，荼毒沙漠和地下水，撕碎花瓣，令动物的羽毛暗淡无光，它污染南北极圈的全部浮冰和希腊的晨曦，带着颓丧的晦气将最美妙的诗文读得颠三倒四，它在这个星球上肆虐，将大爆炸开始直到未来的火箭之间在这里存在的所有一切都毁灭殆尽，它搅浑整个尘世，这个虚空的尘世：这个被看破的

---

① 沃邦码头（Docks Vauban），位于勒阿弗尔市中心的一个商贸娱乐中心。

尘世。

我回去了，她将烟头扔在地上，用平底布鞋的尖头踩灭，高个子的红发男人看着她，好些了吗？她点点头，好了，再见，转过身，匆匆走进楼里，她返回的行程是个插曲，让她可以在回到岗位前重新振作精神，此时那边的工作强度更大了：晚间的神经质，焦躁的病人，夜班前的最后一批护理、最后一批点滴、最后一批送药，还有几个小时后即将开始的这个器官提取手术——雷佛尔找到她问她能否承担一个临时的替换，延长她的值班时间以便接着在手术室工作，她接受了这个例外的请求。

她绕道前往咖啡厅，好在热饮机上接一杯番茄浓汤，可以看到她穿过冰冷的大厅，颌骨紧咬的瘦小身形，稍后她用拳头击打饮料机好让汤流得快点，那饮品很恶心，烫得塑料杯立即在她手里变了形，但她还是一饮而尽，立刻就感觉暖和多了，就在这时她忽然看到他们在她面前走过，那位父亲和那位母亲，七号病房患者的父母，她在今天下午还为那个青年装了导尿管，那个已经死亡并将在今晚被摘除器官的青年，是他们；她的目光跟随着他们缓慢地移动到高大的玻璃门口，背靠着一根柱子好看得清楚些：那面玻璃在这个时间已经变成了一面镜子，从中反射出来的他们仿佛冬夜池塘水面映照出的幽灵；可以说他们本身就是自己的影子，这句话的平庸不如今早这对夫妇的样子（一个男人和一个女人站立在这个世界中）更能衬托出他们当前内心的支离破碎，看着他们肩并肩走在洒满寒光的地板上，每个人都能感到从此以后这两人将继续沿着数小时前开启的那条轨道行进，他们已经不完全生活在考尔德莉亚和其他地球居民所存在的那个世界中了，而是确确实实地渐渐疏远，离去，迁移到另一个区域，那可能是失去孩子的人苟且偷生的一个时空，他们聚集在那里，无可慰藉。

考尔德莉亚的目光始终包围着他们的身影，直到它在停车场入口缩小，隐没在夜色中，随后她发出了一声叫喊，从靠着的石柱上弹起，像匹小马一样晃了晃头，抓起手机，面容重新舒展又泛出颜色，随着无比强大的一记钟摆运动，她完成了内心转变的重启机制，这冲劲令她恢复战斗力，旋即拨打那个在今早五点消失的男人的电话号码，自己都为自己的行为感到惊讶，灵活地敲击着按键，仿佛她既想摆脱这件事又想挑战那将她囚禁在忧伤中的屈从，仿佛她想对抗那向她袭来的病态，唤起爱的可能。一声，两声，三声铃响，接着是那个家伙用三国语言请求留言“我爱你”，挂上电话，她异乎寻常地精神一振，轻松了很多：忽然间，考尔德莉亚重又感到她的生活才刚刚开始，心想自己累的时候总爱哭，大概是缺镁的缘故。

露。他们没给露打电话，没试着对她说点什么，除了请求在停止她哥哥心跳的一刻对他耳边念出她的名字以外，他们没想起她来。但露，这个七岁的小女孩，她看到母亲慌忙跑往医院时的不安，她的等待，她的孤独，所有这些，他们都没想到，尽管他们遭遇了死亡的龙卷风，陷入了人间悲剧，他们还是找不到借口，在玛丽安娜手机上发现邻居的未接来电时他们慌了，无力收听电话留言，此刻玛丽安娜踩下油门，面对挡风玻璃低声念叨着："来了来了，我们回家了。"

圣文森特教堂屋顶的钟声响起，天空看上去像烧化的蜡烛般褶皱着。现在是十八点二十分，他们的车爬上恩谷维尔坡道的转弯，冲进大楼的地下停车场，回到家了，今晚咱们待在一起，玛丽安娜边熄火边说——但他们难道真的有力量各自度过这个夜晚吗，玛丽安娜和露留在这边，西恩回到他十一月在多勒玛区匆匆租下的一居室去吗？玛丽安娜艰难地将钥匙插入锁中，不知如何使系统啮合，金属磕碰声在锁眼内持续着，西恩则在她身后跺着脚，当房门终于打开时，他俩都失去平衡跌进屋内。不打开一盏灯，并排瘫倒在沙发里，这张沙发是他们某个雨天在乡间公路旁发现的，像一颗糖果般包裹在透明的塑料布里；此时他们四周的墙壁都变成了吸墨纸，将傍晚标志性的铁咖啡色都吸了进去：几幅画展现出其他影像、其他形状，家具都在膨胀，地毯上的图案消退，整个房间就像遗忘在显影液水槽里的一张银盐相纸，而这变形——他们身边的一切事物被沙子逐渐掩埋、染黑的过程——随着周围世界的隐没将他们催眠；他们感到的肌体之痛不足以将他们绑定在现实中，这是场噩梦，我们总会醒来的，玛丽安娜盯着天花板这样对自己说——其实，假如这时，西蒙回到家，假如他现在也打开门锁，进入房内，并将门猛地撞上——他进屋时典型的莽撞动作和噪声，必将立即引起他母亲的喊叫，西蒙，别老使劲撞门！假如他现在走进来，胳膊下面夹着他那块在套子里嘎吱作响的滑板，头发湿漉漉，手和脸都被冻成紫色，被大海折腾得疲惫不堪，玛丽安娜将毫不犹豫地信以为真，她会站起身，走上前去，问他要不要辣椒粉摊鸡蛋，或是面条，热乎乎又让人恢复力气的东西，是的，她不会认为那是个幽灵，而是她的孩子回家了。

玛丽安娜在黑暗中伸出手，好触摸西恩的手，或他的胳膊，或他的腿，随便哪个她能碰到的部位，但这只手扑了个空，因为西恩刚刚站起来，脱掉他的风雪大衣，我去把露接回来。他朝房门走去，但这时门铃响了，他打开门，玛丽安娜惊呼了一声，门口站着的是他们的小女孩儿。

她兴奋地跑进了屋里，在她原本的衣服上还套着一件花里胡哨的长 T 恤，头发里扎着一条丝巾，有人还在她后背上用魔术贴扣挂了两只彩虹绢网蝴蝶翅膀——她也有着黑色直发，深色皮肤，精致单眼皮的混血儿眼睛——忽然她在父亲面前停住脚步，惊讶地发现他在家里还穿着毛衣，你回来了？在她身后，女邻居还站在楼道里，只将头探了进来——长颈鹿的姿势——她的表情是一个敞露的疑问：西恩，你们回来了？刚到——他结束话语，不想多说。在他面前，露一边蹦跶一边在她的包里乱翻，最后将一张白纸递给他，我给西蒙画了一幅画，她往前走了几步，发现母亲倾倒在沙发上，突然问道：西蒙在哪儿？他还在医院吗？没等回答，她便转身，冲进过道，翅膀颤动着，脚步重重地落在地板上，可以听到她打开了一扇房门，叫着她哥哥，接着其他房门也砰砰作响，听到的依旧是那个名字，然后小女孩儿又重新出现在门厅，来到她父母的面前，后者站在那里，面如死灰，无言地等待着，除了轻轻念着“露”以外什么也说不出来，而那位女邻居，苍白地退到楼梯旁，用食指做个动作表示她理解，不想打扰，接着便关上了门。

小女孩儿面对着父母，这时夕阳西下，渐渐将整座城市拖入黑暗中，现在他们只剩下身形轮廓了。玛丽安娜和西恩走了过来，露一声不吭，保持沉默，眼睛吞噬着黑暗——她的眼白如高岭土般纯净——西恩抱起她来，玛丽安娜又将他们搂住，三个躯体融合在一起，闭着眼睛，仿佛爱尔兰南部港口竖立的海难丧生者纪念碑，接着他们回到了沙发上，横向移动的同时仍旧抱在一起，一座抵御外界侵袭的古罗马三神雕像，他们蜷缩在他们的口气中、他们皮肤的味道中——小女孩儿散发着奶油蛋糕和哈瑞宝软糖味——这是从他们接到噩耗后第一次恢复呼吸，第一次在他们的灭顶之灾中筑成了一个退守的巢穴，只要靠近他们，只要轻手轻脚，就可以听到他们的心共同泵动着余下的生命，它们嘈杂地击打着，好像有机敏的传感器被放置在心瓣和阀门上，好像这些传感器发射出的次声波在太空中疾驰，穿透物质，可靠而精准，重返日本，回到濑户内海，一座岛屿，一个荒凉的海滩和这个小木屋，这里保存着人类的心跳，从世界各地收集来的心脏印记被那些旅行到此的人存放、留档。当玛丽安娜和西恩的心以同样的节奏运动时，小女孩儿的心则像一只小鼓般通通敲打着，直到她猛然直起身，前额上铺着一层汗水的湿气：为什么要待在黑屋子里？她像猫一般钻出父母的怀抱，在房间里转了一圈，把所有的灯都打开了，一盏接一盏，然后转向父母，宣布道：我饿了。

提示铃声接连响起，意味着电话收到了语音留言——现在得考虑告诉大家了，说出来，这又是一个难关。玛丽安娜走到外面的阳台上——她没脱大衣——点着一支烟，正准备打电话询问克里斯托弗和若安的情况，发现朱丽叶的一条留言，霎时间不知如何是好，不敢去说，不敢去听，害怕她的喉咙会哽咽，因为朱丽叶是个特殊的人——去年十二月的一个星期三，西蒙窘迫地将她介绍给了玛丽安娜，他们当时正在厨房，玛丽安娜在一个不寻常的时间回到了家，他没有正正经经地说“这是我母亲”，而是说“这是朱丽叶，这是玛丽安娜”，旋即嘀咕着“我们走吧，还有事呢”，而这时玛丽安娜跟那个女孩攀谈了起来，那你跟西蒙是在一个中学呀？愕然发现原来儿子的心上人是这个样子，女孩古怪的模样很难不让她吃一惊，因为朱丽叶谁也不像，至少不像个冲浪迷妹，因为身形单薄瘦弱，没有胸部，脸蛋也很奇特，眼睛快把整个脸都占去了，耳朵上打了好几个耳洞，两颗上门牙间的牙缝分明，浅黄头发剪成《筋疲力尽》中珍·茜宝的超短造型；初次见面的这天，她穿着一条淡粉色灯芯绒修身牛仔裤，草绿色高腰篮球鞋，上身的提花两件套外面罩着一件红色雨衣；西蒙不耐烦地等待着她回答玛丽安娜的问题，然后拽着她的胳膊肘朝大门走去，在这之后，他开始不时提起她的名字，散布在他难能可贵的生活叙述中，其出现频率最后已经与他的几个伙伴和太平洋各个冲浪点的名字平分秋色；他变了，玛丽安娜感到，因为西蒙从此摒弃麦当劳，转而出入那家散发着湿毛狗气味的爱尔兰酒吧，他开始读日本小说，去海滩捡拾漂上岸的树枝，偶尔还跟她一起复习功课，化学、物理、生物，都是他见长而她不见长的学科，一天晚上，玛丽安娜听见他给她描述海浪的形成：看（他大概正在画一幅示意图），涌浪朝海岸移动，随着海水变浅它逐渐挺直，我们称之为起浪区，波浪就是在这里挺成弓形，有时这一过程极其迅猛，然后涌浪达到迸发区，如果冲浪点水下有很多岩石，迸发区可能会长达一百多米，这就是所谓的定点起浪，随后波浪在内部冲浪区断裂但仍继续冲向岸边，还好吗？（她应该是做出了肯定的表示，点了点她的小下巴），在行程结尾，如果运气特别好，会有一个女孩等在那儿，在沙滩上，一个美女，穿着红色雨衣；深夜当整个房子都已进入梦乡时，他们还在聊着，也许就算他们轻声说着“我爱你”，他们也并不知道他们在互相说着什么，但只要是彼此之间说着，这就够了——因为朱丽叶，是西蒙的心。

玛丽安娜扶着阳台，手指被寒冷封冻在金属护栏上。从这个居高临下的位置，她可以鸟瞰市区、河口湾和大海。蛋壳形灯罩的橙色路灯如荧光笔般沿主干线公路、港口和海滨画出重点，冰冷的光焰在天空中营造出一个个蓝灰色的粉质晕圈，长堤尽头有信号灯标示着海港的入口，而海岸线以外的部分今晚是全黑的，没有一艘停泊的船只，没有一点闪烁，有的只是一种缓慢、悸动的厚重物质，黑暗。当西蒙的心在一个陌生的体内重新开始跳动时，对朱丽叶的爱会变成怎样的呢？这颗心曾经满载的那些东西会变成怎样的呢？那些从他降生第一天起日积月累和在他热情激荡或气愤冲动中散布点染的情感，他的友情和厌恶，他的怨恨，他热切的向往，他那些或深沉或温柔的倾慕都会变成怎样的呢？当浪潮逼近时在他心中澎湃的电流会变成怎样的呢？这颗盈满、漫溢的心，这颗满满的[①]心会变成怎样的呢？玛丽安娜朝院子里望去，静止的松树，蜷缩的灌木，路灯下停放的汽车，对面住宅朝黑夜泼洒它们温热光芒的窗子，客厅的淡红和厨房的黄——黄玉、橘黄、金合欢和这种在玻璃的水汽后更显鲜亮的那不勒斯黄，以及一座球场草坪的绿色长方形在泛着荧光，马上就是周日晚餐的时间了，这顿不同寻常的饭，电视机前的托盘自助餐，蛋奶煎面包片，可丽饼，水煮生熟蛋，一个意味着她这晚不下厨的例行晚餐，然后他们将仰躺在沙发上，（像那家一样）沉浸在一场足球比赛中，或一同观看一部电影，而当时的灯光清晰地映衬出西蒙侧面的剪影。她回过头，西恩在那里看着她，额头贴在落地窗玻璃上，而露在沙发上，已经睡着了。

---

① 原文为英文：full。

又是一阵铃响，又是一个在桌子上震动的电话和一只接电话的手——这只手上戴着一枚宽大哑光、细股扭成螺旋的金戒指，颤动的轰鸣之后又是一个声音——这个声音断断续续，可以理解，因为手机上显示的是“心外医生阿尔方”：喂？又是一个通告——可以从接听女人的脸上看出来，表皮下激动的情绪在穿梭，在这之后，面部线条重新收缩，紧合。

——我们有颗心。是颗适配的心。一个小组会即刻出发提取。您现在过来吧。今夜进行移植。您将在午夜时分进入手术室。

她挂上电话，上气不接下气。转身面向房中唯一一扇窗户，想起身去把它打开，双手撑在桌面上好帮自己站立，艰难地迈出三步，转动窗子的长插销更是让她费尽全力。窗框中积满了冬意——一块厚实坚硬的牌子，半透明而冰冷。它像玻璃般隔绝街道上的嘈杂，这嘈杂犹如外省城市晚间的喧嚣，屏蔽城铁在进入骑士站时刹车的尖叫，阻挡各种气味并将一层冰膜贴在她的脸上，她打了个寒噤，缓缓将目光投向樊尚·奥里奥尔大道的另一侧，触及了她正对面、皮提业—萨尔佩特里埃尔医院心脏病科大楼的窗子，三天前她曾在那里做了检查，结果显示她心脏的状况严重恶化，使得心脏病医生认为有必要向生物医学署提出申请将她登记在接收者名单的优先位置。她想着自己在此时此地所经历的这一切；她对自己说：我得救了，我能活下去了；她对自己说：某个人在某个地方突然去世了；她对自己说：就是现在，就是今夜；她能感觉到这通告的震撼力；她希望这一瞬间永远不会在某种表述中离她而去，她希望这一瞬间将持久留存；她对自己说：我可能会死去。

她闭着眼睛，徐徐吸入冬季：这颗蓝色的星球漂移到宇宙的一个褶皱里，静静地悬浮在某种气体中，森林上空星罗棋布的缝隙，红蚂蚁在树下摇摆着形成一种黏稠的胶冻，花园在膨胀——苔藓和石头、雨后的小草、沉重的树枝堆、棕榈树的鳞茎——隆起的城市孕育着千姿百态的生命，黑暗中，孩子们在双层床上睁开眼睛；她想象自己的心脏，一块深红的肉，渗透了液体，满是肌肉纤维，四处分布着管道，这个已经坏死的器官，这个已经衰竭的器官。她关上窗子。是时候该做准备了。

克莱尔·梅让住在这个一居室将近一年了，连看都没看一眼就决定将它租下，因为光是临近皮提业—萨尔佩特里埃尔医院和位于二层楼的条件就已经足以让她即刻给房屋中介的那个家伙签下了一张金额不菲的支票——房间又脏又小又阴暗，三层阳台的檐口像棒球帽檐一般遮住了她窗户的光线。但她没有选择。生病就是如此，她想，就是没有选择——她的心脏已经不允许她有任何选择。

她得的是心肌炎。那是三年前她在皮提业—萨尔佩特里埃尔医院心脏科看病的时候获知的。一个星期前，还只是个流感，她将炉膛的火拨旺，往肩膀上披条毯子，窗外的院子里，那些金鱼草和毛地黄都俯卧在风中。她之前在枫丹白露看了一位大夫，自称有发烧、肌肉酸痛和疲劳的症状，却对他遗漏了那些短暂的心悸、胸口疼痛和在用力时出现的呼吸困难，将它们错当成倦怠、冬季、光照不足和某种整体疲劳的表象。诊断结束后，她带着一份抗流感药回了家，她将遵照医嘱待在家，卧床工作。几天后，正当她在巴黎多逗留几日好看望她母亲时，她突然陷入休克：供血量骤降，肤色煞白，身体冰冷地淌着汗。她立即被鸣笛的急救车——美剧中屡见不鲜的场景——送往急诊部，她被救活，随后开始了最初的检查。一上来，血液分析证实存在炎症，然后对心脏进行了详细的观察。一系列检查结果接踵而来：心电图检测异常，X 光检查呈现出心脏轻微扩大，超声心动图最终确定心瓣膜关闭不全。克莱尔留院观察，并被转入心脏病科，那里的检查进一步确定了对她的诊断。冠状动脉造影结果正常，可以排除心肌梗塞的假设，如此他们决定对心脏进行一次活检：通过颈部血管刺入克莱尔的心脏肌肉内。几个小时后，活检结果给出了充满敌意的三个字：心肌炎。

治疗从两方面展开：心脏机能不全——她的心气喘吁吁，无法高效泵血——和心率紊乱。他们要求克莱尔必须休息，零体力劳动，服用抗心律不齐和 β-受体阻滞药品，他们还给她装上了一个除颤器以预防猝死。与此同时，给她开出了治疗病毒性感染的免疫抑制剂和强效消炎药。但疾病以最严重的形式存续着，它在肌肉组织内弥散，心脏不断扩大，每一秒都带着死亡的风险。她心脏的损伤被视为不可逆：必须移植。另一颗人类心脏将被植入体内并取代她的心脏——医生的动作再一次模拟手术行为。从长期来说，这对她是唯一的解决办法。

当晚，她返回自己的住处，来接她出院的是小儿子，回家的路上由他开车。你打算接受心脏移植，对吧？他轻声对她说。克莱尔机械地点点头——她被压垮了。到了位于树林边的家——她独自住在这座童话般的房子里，她的孩子都已长大成人——她上楼、平躺在自己的卧室里，眼睛望着天花板：恐惧将她钉在床上，向她未来的日子辐射开来，且不提供任何脱身之计——这是对死亡的恐惧，对疼痛的恐惧，对手术、对术后治疗的恐惧，对排异和必须一切重来的恐惧，对一个异物侵入自己体内的恐惧，对变成一个拼装的怪物、失去自我的恐惧。

她必须搬家——住在这个距巴黎七十五公里、远离所有主干线公路的村庄对她来说是很冒险的。

克莱尔刚一入住就对这个新公寓很反感。冬季暖气过猛，夏季暑热难耐，白天也要开灯，还有噪音。这个进入手术室之前的最后通道，在她看来更像是个死亡等候厅，总认为自己还没走出去便会在里面断气，因为即便不是卧床不起，她也被困在这里，任何出逃都需要付出超人的努力，楼梯的每级台阶在她身上都反应为疼痛，每个动作都让她感觉心脏要脱离自己的身体，在胸腔中掉落，摔得支离破碎，这分解的感觉将她变成一个摇晃、跛行、随时可能断裂的生物。如此，她周围的空间日渐缩小，对她的行为规定份额，对她的活动作出局限，一切都变得越发狭窄，仿佛她的头被套在一只塑料袋里或一只丝袜里，一个满是纤维的东西令她窒息，扼制着她的生活。她变得阴郁。一天晚上，她对前来看望她的小儿子声称，等待收容一颗死人的心令她惶恐，你知道这是一种很奇怪的处境，它让我厌烦。

一开始，她在心里抗拒着，不愿真的以此为家，不论是死是活，她都不会留在这儿，这只是个临时过渡——但这只是她逞强的想法。在这所公寓度过的最初几个星期改变了她的时间感。并非时间的速度发生了变化，被行动不便、缓刑期的焦虑或所有阻碍放慢了，也不是时间像克莱尔肺里的血一般停滞不动了，不是，而是它在某种沮丧的延续中逐渐瓦解。日夜更替很快便不再有分别——这个地方一成不变的阴暗更促成了这一结果——她以排解被迫搬家的打击为由，除了睡觉什么也不做。两个大儿子渐渐将星期天确立为固定的探访日，这令她莫名地感到悲伤。他们偶尔责备她缺乏热情——住在医院对面，该知足了，他们毫无笑意地对她说。但小儿子会不定期地跑来看她，还会将她长久地搂在怀里——他比她高出一个头。

冬季阴沉，春季残忍——她看不到树林中的万物复苏，重现绚烂、纯粹的色彩，她想念那灌木林，那些金色树根和羊齿草，那一条条钻探空间的竖直光线，千奇百怪的响声，散布在高地后面半阴的秘密小径上的毛地黄——夏季绝望。她日渐衰弱——你得过得规律一些，定时三餐，每天有个日程安排，过来看她的人都一遍又一遍地唠叨着这些话，他们发现她陷入抑郁，而且情绪不稳，总而言之萎靡不振，她那金发黑眼的美丽已经退化，被不安和室外活动的缺乏腐蚀——她的头发变得暗淡无光，眼神呆滞，带着口臭，总是一身睡衣。她的两个大儿子想找个人照顾她，一个既能打扫卫生，又能买菜、监督她吃药的家政服务员。获知这个阴谋，她顿时一跃而起，怒不可遏，这是要将她仅剩的一点儿自由也一笔勾销啊？她结结巴巴地念叨着软禁，面色苍白，辛酸悲凉，再也受不了健康对疾病的看法了。

第一通电话在八月十五日打来，当时是晚上八点，窗子开着，屋里却闷得很——这儿是皮提业，我们有一颗心，就是今晚，现在，还是那老一套——；她当时一点儿都没准备，将叉子放进她面前尚未动一口的餐盘里，看看围坐在她身边、为她的生日而欢聚一堂的家人，五十岁是个值得庆祝的日子，他们都像鸟儿收回翅膀一样将胳膊肘收回到身体两侧，她的母亲，她的三个儿子，与大儿子一同生活的年轻女子和他们的小男孩，除了这个长着红宝石眼睛的孩子以外所有人都愣住了，我得走了，他们叫我过去，椅子相互碰撞，香槟酒杯颤动着，有东西飞溅出来，有东西打翻了，在装入牙膏和一只喷雾剂以后便盖上箱子盖，走下楼梯时脚步是这样一种匆忙的缓慢，人们跌跌撞撞，相互叫嚷——忘了厨房里还放着冰沙，忘了带社保卡，忘了拿手机——接着是污秽的地面，烟雾弥漫的天空，驻足窗口朝外凝视的人们，一个赤裸上身的男人遛着狗，小男孩在便道上跑起来，随后被他母亲追上，从地铁走出、查看地图的游客，最终是留着小灯刘海的医院，入院手续，消毒清洁过的病房，她等在里面，坐在床沿，她将没有机会打开这张床的被单，因为过道里骚动着，脚步敲击在地面上，阿尔方出现了，他站在她面前，苍白而严峻，眼周泛红：我们最终拒绝了这个器官。

她毫无反应地听他讲述他的决定——这颗心不好，体积小，血管组织也不够发达，这是个无谓的冒险，还得再等等。阿尔方觉得她受到了失望的打击，空欢喜后一定沮丧至极，但她只是目瞪口呆，神情恍惚，很快她脑子里只剩下一个念头——离开这里，她的脚悬在空中，她的臀部缓慢地向床沿滑去，她轻轻地降落在地面，然后直起腰，我回去了。外面，她的三个儿子听到消息向灌木踢去，令里面滚烫的灰尘旋即洒落下来，她的母亲在小儿子的怀抱里泪流满面，大儿子的女友继续追逐着不想睡觉的小男孩，一切都七零八落了。大家都按原路返回，没有胃口了，不可能继续吃这顿晚餐了，但喝酒是可以的，粉红香槟盛在冒着泡的酒杯中，克莱尔最终将她盛满酒的杯子举到餐桌上方，微笑着，此刻容光焕发，祝我们每个人都有一颗勃勃雄心！你让我笑不出来，你知道，她的小儿子对她低语道。

在这之后，时间改变了性状，恢复了本来的模样。或者说它化身为等待时应有的模样：凹陷、拉紧。此后的时间只有一个用途，随时待命，心脏移植的机会可能随时降临，一颗心可能不期而至，我得活下去，我得做好准备。每一分每一秒变得更具柔韧性和延展性，终于到了秋天，克莱尔作出决定，将自己的书籍和台灯引入了这三十平方米，她的小儿子帮她装了无线网络，她买了一台可变坐姿扶手椅、一张木质餐桌，又汇集了一些物品：她想要重拾翻译工作。

在伦敦，她的编辑欢迎她的回归，给她寄来了第一部夏洛特·勃朗特的诗集，这是夏洛特与她两个妹妹以男性笔名出版的：《库瑞尔、艾利斯、阿克顿贝尔的诗集》。在那个寒风凛冽的冰冷小屋中度过的秋天，三姐妹和一个弟弟聚在烛光下读诗、写诗，在书籍中得到心灵契合，焦躁、狂热、扭曲的天才，虚构出不同的世界，跑遍整片荒原，喝下几公升的茶，抽着鸦片。他们的激情征服了克莱尔，令她精神一振。每结束一个工作日都能收获劳动的成果，交付几页译稿。时间一周一周地过去，工作频率就这样逐步确立，仿佛这是将等待——随着心脏状况的恶化，等待也变得紧锣密鼓——同步到另一个时间轨道上，待译诗篇的轨道上。她有时感觉自己患病器官的那些艰难收缩被替换成了某种流畅的来回往复，那是在她的母语法语和后来学习的英语之间的来回往复，而这循环的运动在她体内掘出了一个摇篮形的凹槽，一个全新的洞穴——她只有在学习了另一种语言后才真正了解了自己的语言，如此她自问，这颗他人的心是否会让她更好地了解自己：我给你腾出地方，我的心，我给你创造空间。

圣诞之夜，一个男人再次现身，将一捧紫色毛地黄放在她的床上。她从小就认识他，他们一起长大——情人，朋友，兄妹，同伙，他们几乎拥有了一个男人和一个女人可以在对方眼中拥有的所有身份。

克莱尔笑了笑，惊喜是有风险的，你知道我有心脏病。如此，她必须从床上坐起，唤醒大脑，他脱掉了大衣。这些花是从她家那边采的，她能感觉到。这花有毒，你知道吗？她指着花说。人们禁止孩子触摸、嗅闻、采摘、品尝的花——她记得自己痴迷地盯着手指上沾满的紫色花粉，独自走在小径上，“有毒”这个词在她孩童的脑袋上方膨胀的同时她将手指放到嘴边的情景。男人缓缓地摘下一片花瓣，放入她的掌心：来，看看。花瓣的颜色鲜艳得仿佛是假的、塑料制成的一般，它在她的掌心颤抖，渐渐散布细微的褶皱，这时他说：花中含有的毛地黄甙能够调节心动，让心动放缓，还能增强心脏收缩，这对你来说是一服良药。

这个夜里，她与花同眠。男人小心地为她脱掉衣服，将一片片花瓣展开，像鱼鳞一般放置在她赤裸的皮肤上，他仔细完善这件植物拼图组成的礼服大衣，并不时低声嘀咕，尽量别动，而她其实早已坠入全身麻痹的愉悦中，像个女王般被装点、呵护着。她醒来时，还是夜里，但楼上公寓里的孩子们已经兴奋起来，发出尖叫，脚跟敲打在地板上，他们都跑去扯开在一棵神奇圣诞树下一夜间冒出礼物的包装纸。此时，她的朋友已经离去。她将身上的花瓣抖了下来，用它佐以松露油和香脂醋制成了一盘沙拉。

一件T恤，几条内裤，两件睡衣，一双棉拖鞋，几瓶皮肤护理品，手提电脑，手机，几个不同的充电器。她的病例档案——所有身份文件，上次的检查结果和几个硬质的大信封，里面装的是X光、CT扫描、核磁共振的照片。她很高兴可以独自收拾自己的住院包，可以小心翼翼地走下楼梯，可以在外面漫步而行。她斜着穿过大道，试着截获那些驾车人在她面前刹车时的目光，聆听在她头顶上方震动着的滚烫的铁轨，她多么希望能碰到一只动物，最好是一头老虎，或者一只仓鸮，那心形的脸盘，但一条流浪狗也完全可以满足她的愿望，或者仅仅几只美丽的蜜蜂。她从没有这么恐惧过，她被恐惧麻醉了。再怎么说也得打个电话通知一下，她进入医院区时对自己说，她找到了几个儿子的号码，给他们发了条短信——就是现在，就是今晚——给她应该已经入睡的母亲打个电话。最后通知那位为她采毛地黄、此刻在世界另一头的男朋友，电话信号作为此时此刻的挥发物在时间的物质中长久伸展。她再次转身，将目光定格在她公寓的窗子上，她在这玻璃墙后所度过的那些等待的分分秒秒骤然凝聚成一个瞬间并在她走过医院大门的一刻注入了她的枕骨中，一个急速的弹指，将她抛入围墙内，落在沿楼群铺设的柏油路面上，然后一个左转，她走进了心脏病研究所，一个大厅，两部电梯——她禁止自己猜想哪部电梯会带来好运——上到四层，这照明恍如一座太空站的楼道，工作间用玻璃隔断，而阿尔方站在那里，大褂洁净、纽扣齐整，那缕白发贴在额头的后方：我在等您。

玛格丽塔披萨被狠狠地砸在单间公寓的墙上，随着它掉落在割绒地毯上，电视上方呈现出一幅那不勒斯落日。年轻女子用满意的目光品评着自己的投掷结果，然后转身面对开放式厨房吧台上摆放的一摞白盒子，慢慢打开第二只正方形硬纸盒，让美式披萨炙热的圆饼滑到她的手掌上，接着站到墙的正对面，曲臂，手心朝上平托，以一个快速的单臂伸展动作，在房间的两面窗子之间完成了一次新的发射，又是一个印记，那些辣味小香肠的圆片在墙壁上绘出一个奇特的星座。当她准备撕开第三只纸盒，一张表面带着小气泡的四味奶酪披萨，期待那融化奶酪的黄色混合物就像期待着某种可以利用的浆糊，一个男人走出了浴室，全身焕然一新，他在走入房间时驻足片刻，预感到某种危险，看见女子正装备好第三张披萨朝他的方向启动发射动作，立刻在地面打个滚，一个纯粹的本能反应，随后翻个身躺在地上好以仰视的角度观察女子，她微笑着，转身背对着他，眼睛四处扫描着，认真地寻找一个新的瞄准区域，接着将披萨甩到公寓的正门上。在这之后，她跨过呆若木鸡的男青年，走到吧台后面洗手。男子站起身，确认自己的衣服上没有污迹，然后就地旋转一周查看屋内的污损情况，一只环视镜返回到此刻站在洗碗池前的女子身上。

她喝了一杯水，珍珠白的肩膀从意大利球队颜色的运动衣中露出，圆形的低领令自由而轻盈的小乳房若隐若现，她颀长的双腿从一条蓝缎飘逸织物中延伸出来，嘴的上方覆盖着一层汗珠的薄膜，当颌骨在下颚的表皮下滑动送出——愤怒——时她灿若骄阳，看也不看他一眼便让一双具有古典美的长臂从下至上交叉后分开，好脱掉她的上衣，因为已经用不着了，赤裸出一个光彩夺目的躯干，这躯干由不同圆形组成——乳房、乳晕、乳头、肚子、肚脐、球形臀部的一对初段隆起，由不同指向地面的三角形塑造——胸骨的等腰三角形、耻骨的凸起、腰部的凹陷，由不同线条挖掘——凸显出身体二等分的脊背中线，女性身体上的这一沟槽令人联想到叶脉和蝴蝶的对称轴，所有这一切都在胸骨冠的位置以一个小菱形点缀——深色龙骨突———套完美形状的重组系列，他从中欣赏到平衡的比例与理想的布局，他专业的眼睛最迷恋人体解剖结构的探索，特别是对面前的这个，沉浸在对它的听诊中，热忱地窥探着这构架中最细微的不和谐、最渺小的缺陷、最不易察觉的偏差，腰椎上方的脊柱侧弯，这颗凸起的痣，就在那里，在腋窝下面，脚趾之间高跟鞋尖头中受到挤压位置的这些茧子，还有眼睛的轻微斜视——缺觉时疲倦的目光中更显迷离，从中她获取了这放荡气质，在她身上令他如此倾心的这种野性女孩的气质。

她套上一件高领衫，脱掉短裤，钻进一条紧身牛仔裤里，意味着表演结束了，然后她穿上一双细高跟短靴，朝淌着油脂的大门走去，打开再从身后带上门，毫不理会这个站在乌七八糟公寓中央的男青年，后者看着她离去，舒了一口气。

您出发去勒阿弗尔医院提取器官。是一颗心脏，现在就去。

当他听到这句话从阿尔方嘴里陈述出来，简短而生硬就像他数月以来在脑子里一再演练的那样，维尔吉利奥·布雷瓦差点儿呛着，快乐和失望在他喉咙里形成了一颗苦涩的药丸。不错，他是处于待命状态，而且也的确为他的任务而感到兴奋，但这一通知到来的时机实在糟糕透顶——它正赶上两个千载难逢、不可错过的幸事叠加在一起：一场法国对意大利的比赛；一朵送上门的迷人玫瑰——露丝。他长久自忖为什么阿尔方会不辞辛苦亲自打电话给他，从中觉察到某种有意在一个历史性夜晚令他难堪的变态企图，知道他是球迷，因为每个周日早上的训练给他提供了可以逃避自行车远行的合理借口——每次看到一窝带着尖形头盔的马蜂穿着花里胡哨的紧身短裤簇拥在蜂皇阿尔方周围倾巢出动时，维尔吉利奥总是瞪着惊讶的双眼暗自嘀咕：酷刑。

坐在驶向皮提业—萨尔佩特里埃尔医院的出租车后座上，维尔吉利奥将带着一圈毛边的外套帽子卸到肩膀上，定了定神。最后一个小时的紧张气氛令他有些失魂落魄，而此刻他本该精神饱满，比以往任何时候都精神饱满。因为今晚是他的夜晚，这将是个伟大的夜晚。移植器官的质量取决于提取质量，这是个基本定律，而今晚将由他来打头阵。

该收收心了，他想，将戴着皮手套的手指相互交叉，是时候跟这个女孩、这个疯子了断，听从他自卫的本能了，即便他将不得不因此放弃她，放弃她极其好动的身体和她火焰般的存在。他惊愕地重温刚刚过去的那个小时，当他正打算出门找朋友一起看球时露丝却突然出现在他家门口，可爱中隐含着几分威胁地提出与他一起在他家看球，再叫几个外卖披萨，为此她给自己装备了一个有趣的理由——这件意大利蓝色女球迷服，性爱张力逐渐与即将开场球赛那战斗、恢宏的张力缠绕在一起，一个暗示着幸福的拥抱，极其引人入胜，而阿尔方在八点整打来的电话又在原有的激情中加了一把火，令燥热的指针洞穿天花板。他旋即一跃而起，答道“我可以，我准备好了，马上就到”，回避着露丝的目光的同时夸张地作出一副悲剧表情——眉毛弯成拱形，下嘴唇缩到上嘴唇下面，下巴哀怨地拉长——一副暗示灾难、厄运、晦气的表情，此刻他对露丝做着鬼脸，用手扇着风，像个马戏团的小丑、集市的悲剧演员，而他的眼神却放射着喜悦的光芒——一颗心！——她没有听错。他后退着溜进浴室洗澡，换上干净、暖和的衣服，当他再次走出来，局面已经完全失控。一场精彩而令人窘迫的好戏，但是，当他此刻用慢镜头回放这一场景，当他此刻清楚地意识到其中逻辑的必然性时，这一切反而凸显出露丝的无比卓越，她那非凡的美丽和她火爆的性情，这个姑娘将她的愤怒以君主的手势发泄出来，并同时保持了一种尊贵的缄默，而不是像其他大多数女人只会哀叹呻吟。啪叽！啪叽！啪叽！他越想越认定自己决不能与这个可燃性极高、举世无双的尤物分手，他决不能放弃，不管别人怎么说，那些将她看成疯子，那些一副了然于心的样子说她“不靠谱”的人将愿意支付高价，好触摸到她膝窝内那块等腰梯形的温热肌肤。

那是在皮提业一萨尔佩特里埃尔的医科学生新学年初的一门课上，她推开了教室的门，这门见习医生必修的讲述教学课变成了一种特殊的分组指导课：临床病例研究。在长段的课时中，根据需要研究的具体问题对学生“重新表演”那些在医院科室经历过的情景或想象的剧情，使他们逐步学习倾听病人的主诉、模仿听诊的手法、练习作出诊断、识别某种病理、确定接诊的程序。这些实践课以患者和诊疗者一对一的形式在公共场所展开，并且有时需要更为广泛团体的参与，以促进各专业之间协调能力和对话——目的是打破某些医疗学科的自我封闭，防止将人体切割成彼此隔绝的知识和操作方法，且无法将病人视为一个整体的状况。然而，这种建立在模拟基础上的新教学法引来了质疑：在科学知识的获取过程中使用虚构的办法，以游戏的形式演习的想法本身——就好像你来当医生，你来当病人——就足以令医学院的那些教授导师疑虑重重。然而，他们最后竟都同意了，认为这一课程将有助于将丰富多元的材质搅拌融合，其中包括客观性和情感，并通过病人与医生之间的对话深入研究这长久以来被曲解或回避的脆弱言语，使其得到聆听并学会如何解读。在这一角色扮演中，医科学生将履行他们未来的职务，扮演医生的角色，于是，学校决定招募演员来扮演病人。

在一份专门面向表演从业人员的周刊刊登了一则小广告后，他们都来报到了。他们中大多数是境遇艰难的演员、满怀憧憬的新人，或电视节目制作中永远的候补、广告之间的穿行者、替身、群众演员、跑龙套的，奔波于各个摄制组中累积时间，好挣取房租——通常在巴黎东北一个区或在近郊与人合租，也有些（在家或其他场所）为持续数日的销售技能培训充当教练，偶尔也有人最终加入到小白鼠的行列中出租他们的身体，变为酸奶品尝者，保湿霜、除虱洗发水或利尿药的受试者。

他们人数众多，需要接受筛选。一些同时行医的医学院教授组成了一个评审团——其中某些人公开宣称自己对戏剧着迷。当露丝进入考场，沿着实验台的瓷桌走过，穿着一双坡跟篮球鞋，一条阿迪达斯酒红色运动裤和一件太阳色金银线套头衫，顿时引起骚动——他们觉得她的身形和面容似曾见过？她拿到一页需要作出的动作和说出的台词清单，要求即兴表演一位发现自己左侧乳房有可疑硬块后匆忙赶到妇科诊室的女病人，在接下来的一刻钟里，她投入的演出赢得了赞赏：人们看见她“光着上身”直接在房间地板上仰面躺下——这里还是地板砖——引导着医科男生的手，这里，我这里疼，对，就是这里，然后这场面持续下去，某种迷乱逐渐显现，大学生（的的确确）在拖延触诊的时间，摸完一个乳房又摸另一个，然后再重新来过，对谈话的内容置之不理，对她提到的关键信息充耳不闻，其中包括在月经周期末疼痛感更强，以至于她终于猛然坐起，脸色发紫，扇了他一个耳光。做得好，小姐！她得到了评审团的高度评价，并直接获得聘用。

从一开始，露丝就暗自将合同的甲乙方对调了，将自己在整个学年扮演“女病人”的这份工作看成是对自己的一项培训，一个提升自己演技和艺术表现力的机会。她仅仅蔑视那些平庸的疾病——只要照着演就好的那些病——执意垄断那些疯狂、歇斯底里或忧郁的角色，一个她很擅长的领域，浪漫的女主角或神秘的女变态，偶尔还贸然在原本的剧情中添加出乎意料的枝节——那胆量让指导课程的精神病专家和神经科医生都大吃一惊，并造成学生们的窘困，他们不得不请求她能否稍微收敛些；她将品味溺水者、自杀者、暴食者、色情狂、糖尿病患者，偏爱瘸子、拐子——一个患有髋关节结核的病例让她引出了一段围绕菲尼斯泰尔[①]北部近亲生育的对话，驼背——她能够模仿胸腔内脊柱的旋转，以及所有需要她将身体弄得歪七扭八的病症；她对自己饰演的一位假性宫缩的孕妇十分满意，但在扮演一位描述自己三个月婴儿症状的母亲时她的表现却差强人意——那个见习儿科大夫的额头渗出了紧张的汗珠；迷信的她拒绝所有癌症的角色。

然而，十二月的那一天，她将自己的才能发挥到了极致，当时她需要假装心绞痛。指导课程的那位声名显赫的心脏病专家如此向她描述了这种疼痛：一头熊坐在了您的胸口上。露丝将一对杏核眼瞪得圆圆的，满头雾水，一头熊？她竭力回味儿时的兴奋，那臭烘烘的大笼子，里面堆放着形状简陋的乳白色塑料假山，那巨大的动物，五百到七百公斤，三角形的口鼻，靠得很近的双眼，给人以视力差的假象，铁锈色的皮毛上散布着沙土，当它起身用后足站立时孩子们都大叫起来，此时它能有两米高；她回忆齐奥塞斯库在喀尔巴阡山脉狩猎的情景——被农民逼赶的熊受到放在桶中食物的诱惑，走出树林的空地来到一座建在木桩上的小木屋前，行进到正对着射击口的位置，射击口后面一个秘密警察将猎枪上好子弹，等到熊走得足够近时再递给独裁者，以防他失手不中；她最后又想起电影《灰熊人》中的一个场景。露丝借着从教室后排跃起的冲力，朝着作为她的搭档的学生快步走来，然后停下脚步。她是否发现了一头在灌木林缘徘徊的熊，在竹间探出头，

① 菲尼斯泰尔省（Finistère），法国布列塔尼地区的一个省。

或是四脚着地摇摆行进，松弛散漫，带着它甘草色的皮毛，慵懒地用爪子上无法收缩的趾甲抓挠一块树根，再转向她，像个人一样直立起来？她是否看到这头刚刚从数月的冬眠中苏醒的穴居猛兽，伸个懒腰，将体内停滞的液体加热，重新激活它心脏里的那滴血？她是否察觉到暮色中它在一家超市垃圾桶内乱翻，在一轮硕大的月亮下欢快地嗥叫？又或者她这时想到的是其他重量——一个男人？她全身向后倾倒——身体突然摔落在地面的声音引起了课堂内的窃窃私语——痉挛着逐渐僵直的同时发出疼痛的喊叫，很快她在嘶哑的喘气声中窒息，接着便停止了呼吸，一动不动了。她的胸腔似乎在收缩，并逐渐凹陷，而她的脸却肿胀着变红，嘴唇紧闭并迅速褪色，眼球在眼眶中上翻，与此同时，她的四肢开始纤维性颤动，仿佛有电流通过一般，这样的真实性在艺术创作中并不常见，以至于教室内有人为了看清楚些站起身来，那深红色的脸、凹陷的腹部引起了他们的警惕，一个身影跃下环形教室的阶梯赶到露丝身旁，推开一旁不慌不忙开始结结巴巴诵读准备好的问卷的大学生，他朝她俯下身要进行心肺复苏，与此同时，那位杰出的心脏专家也跑了过来，用一只医用笔灯对着她瞳孔的虹膜。露丝挑起一侧眉毛，睁开一只眼，接着另一只，猛地一跃而起，看看围在她四周的人群，并平生第一次荣幸地获得了观众的掌声——她深深鞠躬答谢站立在观众席中的学生。

那位冲过来对她施救的男青年因感觉受到愚弄而暴跳如雷，批评她在表演中缺乏尺度，心绞痛不是心脏骤停，您搞混了，这两者是不同的，在表演的处理上应该更加严谨、全面，您把这个习题带偏了。为了讲得更明白，他一一列举了心绞痛的症状——

收缩性胸痛，整个胸部有被挤压、被钳子夹住的感觉，有时伴有其他典型疼痛，比如下巴、单一前臂或偶尔有后背、咽部疼痛，但有一点：不会瘫倒。随后他又详细指出心脏骤停的症状——心跳频率可加快到每分钟三百多次，心室颤动引起呼吸骤停，并导致休克，一切都在不到一分钟内发生——他现在可以再仔细阐述治疗方法，列出所有药名，促进血液循环的抗血小板凝聚物和通过扩张冠状动脉缓解疼痛的硝酸甘油，他沉浸其中，已经不知道自己在说些什么却止不住地说，口中涌出的这些句子就好像抛出的牛仔绳圈，为的是将她留在身边，很快他的心狂跳不止，接近每分钟两百下的心动过速，他即将出现自己刚刚描述的心室颤动，面临休克的危险，真是疯了，露丝徐徐朝他转过身，带着一种当红新星的傲慢，从头到脚将他打量了一遍，微笑着向他宣布，一头熊坐在了她的胸口上，他可知道，狡猾地告诉他，只要他当熊她愿意从头再来一遍，他有熊的体格和灵敏，这点我十分肯定。

维尔吉利奥·布雷瓦的确有着熊的柔韧、徐缓和爆发力。然而，他是个阴郁的金发男人，留着一茬络腮胡，向后梳理的软头发在后脖颈上翻卷着，有着笔挺的鼻子和意大利北方人（弗留利人）那精致的轮廓线。此外，体重接近一百公斤的他有着萨尔达纳舞演员的趾行①步态，往昔的肥胖将他限定在宽厚、圆实的体格中，但看不出臃肿，换句话说这是个丰腴的身体，但既无赘肉也无堆褶，一层均匀而紧密的脂肪将他包裹起来，并在肢体末端

① 趾行，如哺乳动物中的猫和犬等用前肢的指或后肢趾的末端两节着地行走的方式。

逐渐变薄，他有着一双非常秀美的手。最终定型为一个众所周知、魅力十足的高大身形，一个结合着具有表现力的温暖嗓音、偶尔过分的热切性情、贪婪的求知欲和非同寻常工作能力的魁梧体魄，但他的身体却曾历经过痛苦的波折，某种令他难过的伸缩，掩藏着他那份羞耻和挥之不去的阴影——曾几何时被嘲笑为肉球，肥猪或仅仅是胖子而留下的心灵创伤，为此被异性鄙视并在情感上屡遭挫败的气愤，对自己和他人没有信心——他将这种自我厌恶像一种酷刑一样团成一团埋在腹中。这个身体被他置于持续监控下，因为一只眼进了粒沙子而观察数小时，因一次中暑而长久补水，为了一个哑嗓子、落枕、疲劳感而详尽检查，它是维尔吉利奥的一块心病，是他的偏执和凯旋——因为他现在已经变成了一个讨人喜欢的小伙子，这是不争的事实，只要看看露丝的目光如何在他身上游走就够了——以至于那些阴险的小人出于对他成功的嫉妒都忙着下断言，冷笑着说他从医只是为了学会控制他的身体，平衡它的气血，驯服它的新陈代谢。

巴黎医学院专科考试①的头名状元，以冲锋陷阵的速度完成了包括实习医师和外科助理在内的全部学业，当大多数同专业的学生花了十五年才结业时他只用了十二年——但我也没什么途径，他喜欢这么说，眼里散发着迷人的神采，我没有圈内的背景，接着他将自己描绘成那个卑微的意大利人，移民家庭，私生子，历尽辛苦获得奖学金的学生，这样的话他能滔滔不绝地讲上一麻袋——在理论上充满创造力又在实践操作上极具天赋，才华横溢，

① 法国医科大学生在六年级期末需要参加全国统一的考试（住院实习医生考试），成绩高的学生可优先选择城市和专业学科。

傲气十足，仗着他大西洋般浩瀚的雄心和永不枯竭的能量，他招来很多人的反感，是的，而且常常被人误解——他的母亲为他的成功而惶恐不安，一心将智力水平与社会阶层对号入座，斜眼看着他，自问他是如何办到的，他是什么造的，他以为自己是谁，这个小鬼；而他则愤懑地看到她在自己论文答辩的当天扭搓着手指，然后在围裙上擦拭着抱怨道，她没有必要出席，因为反正她也听不懂，那不是她的位置，她更情愿在家为他准备一顿丰盛的饭菜，做那些他喜欢吃的意大利面和糕点。

所以他选择了心脏，然后是心外科。人们感到惊讶，觉得他本可以靠查看人身上的那些痣，靠往川字纹注射玻尿酸和颧骨周围注射肉毒杆菌，靠重塑多次分娩妇女那疲惫瘫软的腹部，靠为身体拍X光片，靠在瑞士实验室研发疫苗，靠在以色列和美国对院内感染疾病进行演讲，靠变为高端营养师而大发横财。抑或靠选择神经外科，甚至肝脏外科，那些以其复杂性和高科技含量而光鲜亮丽的专业而赢得声誉。而他却选择了心脏。这陈旧而美妙的心脏。这发动机般的心脏。这吱扭作响、淤堵错乱的泵。一个水管工的活儿，他喜欢说：倾听，让它发出回声，识别故障，更换零件，再进行修理，这一切很适合我——这时变身为蹩脚的演员，一瘸一拐地蹒跚而行，着意贬低这项专业的荣耀，却以此令他的自负狂妄得到满足。

然而，维尔吉利奥选择心脏是为了跻身最高的人生殿堂，期待这一器官王者的光环反射到他身上，就像它反射到各大医院走廊里排成一列的心脏外科医师身上一样，那些水管工兼半神。因为他早就明白了，一颗心不仅仅是一颗心。即便已经退位——这运动着的肌肉已经无法区分生死——对他来说它仍是身体的中央器官，是生命最关键、最根本的展示处，它的象征地位在他眼中丝毫没有动摇。不仅如此，作为精密机械与强大的想象操盘手的结合体，它被维尔吉利奥视为决定人与自己身体、人与人、人与大自然、人与众神之间关系的各种观念的拱心石，而这位年轻的外科医生赞叹它在言辞中的这一定位——频繁出现在介于本意与引申义、肌肉与情感之间准确交叉的这一语言神奇点，他迷恋那些含有它的借喻与暗喻，仿如生命本身的类比，并不失时机地重复道，心脏既是人体中最先出现的也是最后消失的部分。一天夜里在皮提业，与几个人围坐在值班室的一张桌旁，背景是那幅由实习医生绘制的大型壁画——性交与外科手术场景壮观地交织在一起，某种血渍呼啦的群交，调笑而病态，在那些屁股、乳房和硕大的阴茎之间几个大人物的身影时隐时现，其中有一两个阿尔方，一般都被描绘成以下流的姿态忙着工作的样子，后入体位或传教士体位，手里还拿着把手术刀——维尔吉利奥将圣女贞德被处死的过程娓娓道来，这一刻他充满戏剧表现力，眼睛犹如黑曜岩珠子一般闪着光，缓缓叙述那个女犯如何乘着刑车从监狱被送往老集市广场，那里挤满了想要一睹真容的民众，他描绘出那个身着宽松长裙的瘦小轮廓，裙子被浸满硫磺以便助燃，柴堆过高，刽子手泰拉齐爬上去将她绑在柱子上——维尔吉利奥在听众的关注下备受激励，模仿着当时的情景，在空中将绳子打了个死结——然后熟练地点燃了木柴，手向下伸将火把放在木炭和浇了油的木柴上，浓烟升起，贞德在窒息前发出呼喊，接着柴堆像个火盆般燃烧起来，据说在身体被烧光后人们却发现她的心完好无损，在灰烬下露出红色，他们不得不重新点火将其焚毁。

出类拔萃的学生，不同凡响的实习医生，维尔吉利奥令医院高层惊讶的同时却又难以在背景相似的群体中立足，他以同样激进的态度公开表示自己对正统无政府主义的推崇和对垄断“家世”的憎恶，那些乱伦的种姓和勾结在一起的亲戚——然而，与大多数人一样，他也为医学界的阿尔方们着迷，被这些继承人吸引，为他们的统治、他们的精力、他们的人多势众所折服，对他们的财产、品位、言辞，对他们的幽默、他们的红土网球场好奇，以至于受邀造访他们的家，分享他们的文化，饮用他们的葡萄酒，恭维他们的母亲，与他们的姐妹上床——以一种生吞活剥的方式——所有这一切都令他痴狂，他像个疯子一样处心积虑，好达成所愿，像个耍蛇人一样全神贯注，但当他一早醒来发现自己躺在她们的被单下时却又痛恨自己，陡然变得粗鲁，恶毒地谩骂，像个没教养的畜生般将芝华士酒瓶打翻在床底，捣毁利摩日的瓷器和擦光印花棉布窗帘，最终无一例外地以茫然无措、逃之夭夭收场。

进入皮提业—萨尔佩特里埃尔医院的心脏外科后，他的敏感度提高了一级：对自己的价值了然于胸，一上来就鄙视那些阿谀争宠，无视那些温驯的业内王储，并努力接近阿尔方，从内心接近他，听到他思考、怀疑、颤抖，为的是即刻察觉他做出决定的瞬间，并通过观察他的动作前冲力预感到这一决定，因为他知道，从今以后他将从阿尔方身上学到那些他在别处永远学不到的东西。

维尔吉利奥在他的手机上浏览了意大利首发阵容，确认巴洛特利上场，莫塔也上，好，太棒了，我们有皮尔洛，还有布冯，接着他与医院的其他两个主治医师交换了几条预测和几句粗口，他们今晚将坐在巨大等离子银幕前，为他的健康干杯，这些法国人厌恶意大利的防守战术，却支持一支没有做好体能准备的球队。车子沿着塞纳河飞驰，河水平静得仿佛跑道一般，随着他渐渐由骑士大街一侧接近医院入口，他开始努力抑制自己的躁动和纠结。很快，他只是保持微笑，不再回应那两个人的短信，不去理会赌徒们竞相抬高的赌注。露丝的脸再次显现，他打算给她写条献殷勤的短信——类似：你双眼的弧线就是环绕我心的周长——但又改变心意，这姑娘是个疯子，而且很危险，今晚，任何事物都不能扰乱他专注的心神，影响他的技能发挥，威胁他操作的圆满成功。

各家医院的器官提取小组都在二十二点之后陆续到达。鲁昂的人乘车前往，从他们的医科大学附属医院到勒阿弗尔的医疗中心之间只有一小时的车程，而里昂、斯特拉斯堡和巴黎的医务人员则都选乘了飞机。

每个小组都安排了各自的交通工具，联系了一家航空公司——后者同意在这个周日执行飞行任务，分别与海上奥克特维尔[①]的小机场确认他们将在夜间开放，并落实了所有后勤细节。在皮提业，维尔吉利奥站在忙着给各个方面打电话的值班护士旁边不耐烦地跺着脚，他没有立刻打量身穿白色大衣、也站在楼道里的那个沉默不语的女孩，当他们目光交错，她从背靠着的墙上挺起身，朝他走来，你好，我叫爱丽丝·阿尔方，是新来的实习医生，我会跟您一起去提取器官。维尔吉利奥端详着她：脑门中间没有那缕不服帖的白发，但她是阿尔方家人，而且很丑，看不出年龄，黄色眼珠，鹰钩鼻子，一个走后门进来的。他沉下脸。那件华丽的毛领白大衣让他很反感。绝非适于在医院里辛苦劳作的着装。她是那种像个游客似的跑来参观、以为钱是从树上长出来的小妞，想到这里，他很恼火。好，您该不会害怕坐飞机吧？

---

① 海上奥克特维尔（d'Octeville-sur-Mer），位于诺曼底的一个小城，在勒阿弗尔市附近，内设一个机场。

他生硬地问了一句便转过身去，而她这时回答道，不会，一点儿都不会，值班护士递给他一张纸，上面是刚刚打印好的路线图，去吧，飞机就在机场停机坪上，四十分钟后准时起飞。维尔吉利奥拾起他的包，看也没看爱丽丝一眼就朝科室出口走去，爱丽丝紧跟其后，接下来是电梯、出租车、主干线公路和勒布尔热[①]机场，在那里他们遇到了几个享用私人飞机的商务人士，穿着长款的羊绒大衣，胳膊下面紧紧夹着奢侈品牌的提包，很快他们二人就登上了一架比奇**200**型飞机，一言不发，各自系好了安全带。

天气状况十分理想：微风，没有雪，尚且没有。飞行员是个三十多岁体型健美的女人，从她牙齿排列齐整的口中宣布了良好的飞行条件和预计大约四十五分钟的航程，随后便消失在驾驶舱。刚一坐下，维尔吉利奥就翻开一份遗落在他座位上的金融杂志，专注地读起来，而爱丽丝则扭头朝向舷窗，观察随着这架小飞机逐渐升空而由闪烁的网络隐约呈现的巴黎——杏仁形，那条河与那些岛[②]，那些广场和大型主干线公路，那些明亮的橱窗街区，那些黑漆漆的卧城，那些树林，所有的一切从首都的核心向边缘由明变暗，外围则是那条环城公路的光圈；她的目光跟随着这些在隐形的公路上滑动的红黄色小光点儿，地壳上寂静的生机。在这之后，这架比奇升到了水汽之上，进入了夜空之中，这时或许在脱离了地面，被抛到一切社会等级观念以外，维尔吉利奥对这位陪同者另眼相看了——他可能觉得她没有那么讨厌了——这是你第一次提取器官？他问道。女孩一惊，从舷窗转过头看着他：对，

① 勒布尔热（**Le Bourget**），位于法兰西岛的一个小镇，内设一个机场。
② 巴黎市内有多个河岛，最大的两个包括西岱岛和圣路易岛。

第一次提取，第一次器官移植。维尔吉利奥合上手中的杂志，提醒她说：今晚的前半部分可能挺吓人的，这是个多器官提取，那个孩子十九岁，恐怕要从他身上全部取走，所有内脏、血管、组织，嗤啦，一扫而光——他打开手掌又以一个极快的收缩合成一个拳头。爱丽丝看着他——她表情神秘，既可以意味着“我好害怕”又可以理解为“我是个阿尔方，你忘了吗？”——然后，她在靠椅上坐直，重新系好安全带，而此刻有些无所适从的维尔吉利奥也跟着把安全带系好：飞机开始向奥克特维尔降落了。

小机场仅为他们开放着，跑道由光标指示，塔台顶端灯火通明，飞机着陆了，发出痉挛性的颤动，舱门滑开，舷梯放下，爱丽丝和维尔吉利奥走到停机坪上，从这一刻开始，他们便随着同一个动作运行，仿佛他俩走在一条传送带上，连续不断、神奇顺畅的行程，穿过一个荒僻的外部空间——可以听见海声的柏油路段，一个狭小舒适且不断运动中的内部空间——出租车，一个冰冷的外部空间——医院的停车场，来到一个他们通晓所有规则的内部空间——外科部。

托马·雷米日像个东道主在自己的领地等待他们。握手，便捷咖啡，自我介绍，如此建立联系，依旧是阿尔方这个名字在散播自己的荣耀。托马数了数汇集的人数：每个小组两个人，一名资深外科医师和一名实习医生，此外还要加上一名麻醉师、麻醉护士、手术护士、助理护士和他本人，总共十三个人，最后都要挤进手术室里，那个坚不可摧的城堡，仅对门控锁多组数码的持有者放行的密室，妈的，那里面要人口过剩了，托马想道。

手术室已经准备就绪。无影灯将一缕白光垂直投射在手术台上，小聚光灯组成的圆形光束汇集在西蒙·兰博尔的身体上，它不久前在他的床上被推到这里，样貌生气依然如旧——看到他如此人们仍会为之一惊。他被放在房间的中央——世界的核心。在他周围聚拢的第一圈人限定出一个无菌区域，不参与手术的人员无法进入：禁止碰触、玷污、感染任何物体，这里将要摘取的器官都是圣物。

在房间的一角，考尔德莉亚·乌尔有些忐忑。她换了衣服，将手机存放在更衣室的一个储物柜里，与它分离，不再感觉到胯部这块黑色砖块像寄生虫一般阴险地颤动，所有这一切将她推进了另一个现实，是的，这里才是生活的舞台，她眼睛盯着平躺在她面前的人这样想道，这里才是我存在的地方。接受过手术培训的她很熟悉这个地方，却只参与过抢救病人、维持生命的紧张操作，对当前所要进行的手术难以想象，因为眼前这个青年已经死了，不是吗，而即将进行的干预旨在挽救其他人。她准备好器械，摆放好工具，这一刻悄声重复出器官清理准备的顺序，在口罩里面低语道：一，肾；二，肝；三，肺；四，心。随后，她又反向重来，背诵一遍根据各器官局部缺血可忍受时间——换句话说，就是一旦切断供血管道该器官的存活时限——而设定的提取顺序：一，心；二，肺；三，肝；四，肾。

那个身体赤裸地平躺着，双臂向外展开，好令胸、腹一览无余。护理人员在将他全面清洁、剃过毛发、涂过消毒药水后给他盖上了一条无菌消毒巾，消毒巾上打开的一面窗子限定出了他身体的一块皮肤，一个覆盖了胸腹表皮的手术野。

动手吧。我们开始。第一组来到手术室，泌尿外科医生首先出场——开第一刀的是他们，最后缝合的也是他们。两个男人忙活起来，一对不大般配的搭档，就像劳莱与哈台[①]，瘦高个儿是外科医生，矮胖子是实习医生。瘦高个儿首先俯下身，划开腹部——一个双肋下剖腹，使腹部上描绘出一个十字。此时，身体在横膈膜处被分为两个区域：容纳着肝脏和两个肾脏的腹腔，和容纳着心脏和两个肺脏的胸腔。随后，他们借助带齿条的手动旋转牵拉器撑开切口——我们看出这里需要臂力，它与一丝不苟的技术性结合在一起，突然我们可以从中窥见外科手术操作中的体力层面，在这个处所的要求下人体与现实的肉搏。打开的身体里面，是一个模糊不清、淌着液体、在灯光下呈现红色的内部。

两名医生轮流清理他们准备取出的器官。在器官周围精确而利落地下刀，以解除它们的束缚、它们的韧带和各种各样的包膜——但此时尚未切断。两名泌尿外科医生分别站在手术台的两侧，操作的同时也交谈着，外科医生借机培训实习医生，他弯腰查看两个肾脏，分步拆解操作的同时描述自己的技巧，实习的学生则在一旁表示同意，偶尔提问。

① 劳莱与哈台（Laurel and Hardy），又译为劳雷尔和哈迪，由瘦小的英国演员斯坦·劳雷尔（Stan Laurel）与高大的美国演员奥利弗·哈迪（Oliver Hardy）组成的喜剧双人组合，在 20 世纪 20 年代至 40 年代极为走红。

一个小时以后，阿尔萨斯人到了，两个身高相同、胖瘦无异的女人；那个外科医生是一颗在肝脏外科这个相对挑剔的领域冉冉升起的新星，她沉默不语，在铁质边框的小眼镜后保持着沉着镇定的目光，清理她的肝脏时带着一种战斗中才有的坚定果断，全身心投入到行动中，而这一行动似乎在其操作中、在其实践中找到了属于它的完满，陪同她的那名队友目不转睛地紧盯她无比灵活的双手。

又过去三十五分钟，胸腔的人进入了手术室。该轮到维尔吉利奥上场了，他一显身手的时候到了。维尔吉利奥通知阿尔萨斯人他准备开刀了，接着一口气完成了沿胸骨纵向切口。与其他几人不同，他并不附身，而是腰背挺直，脖颈前倾，双臂向前伸出——从而与身体保持距离。胸腔打开了，维尔吉利奥此刻看到了心脏，他的心脏，打量它的体积，审视左右心室和心房，观察它美妙的收缩运动，他在爱丽丝的注视下评估着这个器官。这颗心美极了。

他以惊人的速度进行处理，以摔跤运动员的胳膊和花边女工的手指，分离出主动脉，然后一一分离出腔静脉：他在使这块肌肉变得更加清晰明朗。面对着维尔吉利奥，站在手术台的另一侧，爱丽丝为她目睹的一切、为这个身体周围的来来往往、为人们对它所做的一连串行动惊讶；她观察着维尔吉利奥的面容，自问对一个死人手术对他意味着什么，他有何种感觉和想法，顷刻间空间在她周围摇摆，仿佛生者与死者之间的区别在此地已经不复存在。

剥离结束，该插管了。血管被刺入了一根针，以便导入微小的导管，并由此输入用于冷却器官的液体。麻醉师监控着屏幕上捐献者的血液动力状态，绝对稳定，而考尔德莉亚则按照操作医生的需要递送着手术器具，在将器具放入在她面前展开的裹着塑料手套的掌心时小心地重复说出纱布的名称、夹子或刀子的编号，随着不断送出器具，她的声音也渐渐笃定，她越发感到能够驾驭自己的位置。现在一切都准备好了，插管结束，可以夹闭主动脉了——手术室内的每个医生都在解剖图上辨认出自己来取的那件东西，识别出属于他的那个部分。

可以夹闭了吗？维尔吉利奥的声音在手术室里响起，尽管被口罩阻滞却还是吓了托马一跳。不，等一等！他叫道。所有的目光都转向他，所有的手都在那个身体上停止了活动，胳膊以直角弯曲静止，大家都搁置了正在进行的操作，而协调员这时钻入人群，好靠近手术台，来到西蒙·兰博尔的耳畔。此刻他用他最富人性的声音对他轻声耳语的那些词句，尽管他知道都将坠入死亡的空无中，却是他承诺的祷文，是那些陪伴他的人的名字；他对他低语道，西恩和玛丽安娜都和他在一起，露也是，还有奶奶，他小声告诉他，朱丽叶也陪伴着他——现在朱丽叶已经知道了，知道西蒙的事了，在她给玛丽安娜的手机上留下了一条比一条惊慌的留言后，西恩在将近二十二点时给她打了电话，一通令人费解的电话，因为西蒙的父亲这一刻似乎游走于语言之外的疆域，言不成句，发出的只是嘶哑的喘气声，是的，一些断断续续的音节、结结巴巴的音素，一些压抑的抽泣，于是朱丽叶明白没什么可听的了，不会有什么话语，这就是应该听到的声音，在一声叹息中对他答道“我来了”。随后冲入夜色，朝着兰博尔家跑去，沿着大山坡飞奔而下，没穿大衣，没系围巾，一个穿着篮球鞋的精灵，一只手拿着钥匙，另一只攥着手机，很快玻璃的冰冷变成一种炙烤，她在坡道上燃烧着，如此难以协调步调，这只被拆散架的玩偶好几次差点儿摔倒，她呼吸错乱，完全没有照西蒙教给她的那样正确呼吸，不规律，还总忘记呼气，小腿前部疼痛，足跟灼热，耳朵就像飞机降落时那样沉闷，岔气令她腹部绞痛，她弯腰驼背但仍继续狂奔在过于狭窄的便道上，胳膊肘被沿弯道矗立的石头高墙蹭破，她冲下这条五个月前他曾为她攀上的公路，同一个转弯，相反的方向，就是《绞刑犯之歌》和红色塑料爱情胶囊让他们二人一同腾空而起的那天，那个第一天，她现在上气不接下气地跑着，上行的汽车与她交错，从车头灯的白色光束中发现了她，减速慢行，那些吃惊的驾车人在后视镜里长久地观察她，一个身着T恤的女孩在街上，这个时辰、冒着这种寒冷，还有这慌里慌张的样子！然后她看到了客厅玻璃落地窗，房间黑着灯，她再次加速，潜入院子，穿过一个让她感觉仿佛险恶丛林的由树木和灌木组成的针刺空间，接着她冲向小楼梯，摔了个大马趴，在寒气的凝结下树叶铺成的地毯就像冰面一样滑，她的脸蹭到地面，额角和下巴粘上了一层泥，随后是楼梯间，三层楼，当她到达门口时，已经与其他人一样面目全非，难以辨识，没等她按铃西恩就开了门，将她拥进怀里，紧紧抱着，在他身后，玛丽安娜在黑暗中穿着大衣，在已经睡着的露身边抽着烟，啊，朱丽叶，于是眼泪涌出，接着托马从衣兜中取出事先消过毒的耳机，塞入西蒙的耳朵，打开随身听，第七号音轨，这一刻最后的海浪在悬崖前面的地平线上隆起，它升腾膨胀，直到占据整个天空，成形又变形，在转化中展示着物质的混沌和螺旋的完美，它扫过海床，搅动沉积层，激荡冲积土，它掘出化石，掀翻百宝箱，暴露出那些令时间更加深厚的无脊椎动物，这些一亿五千万年带壳的菊石，和这些啤酒瓶、飞机残骸、手枪、像树皮一样的白骨，犹如巨型垃圾场和超感光胶片一般引人入胜的海底世界，它掀起地球的皮肤，翻转回忆，重建西蒙·兰博尔曾生活过的地方——那温柔的沙丘，他曾坐在中央与朱丽叶分吃一盒芥末薯条，风暴天他们藏身的那片松林和后面的那些竹子，四十米的长茎以亚洲的风姿摇摆着，这天温热的雨滴洞穿灰色的沙地，不同气味混合在一起，各种辣与咸，这次朱丽叶的嘴唇是葡萄柚色的——，最后它炸裂、散落，溅起的水花在空中盘旋，那是纷乱和闪烁，而此时手术台周围的沉寂渐渐厚重，人们在等待，目光在这个身体上方交错，脚指头敲着地，手指头在忍耐，但每个人都同意在停止西蒙·兰博尔心跳时做一个停顿。录音结束了，托马摘下耳机，返回自己的位置。提问再次响起：可以夹闭了吗？

——夹闭！

心脏停止了跳动。身体中的血液徐徐排光，取而代之以一种大剂量注入的冰冷液体，以便从内部冲洗器官，同时一些冰块立刻被放置在各个器官的周围——这一刻维尔吉利奥肯定瞟了爱丽丝·阿尔方一眼，好看看她是不是快要晕倒了，因为从那具尸体中流出的血液倾注到一只桶中，而那容器的塑料材质像个回声室一般放大了音量，正是这种声音，比那景象更加震慑人心；然而没有，那个女孩还站在那里，坚定不移，尽管额头苍白、渗出汗珠，于是他重新投入工作，倒计时已经开始。

胸腔再次演变成交战区，心外科与胸外科医师常为获得更长的静脉残枝或是为多赢取几毫米的肺动脉而相持不下——维尔吉利奥，带着同行的友善却也据理力争，最终禁不住朝对面的人发起了脾气，你给我留点余量行吗，一两公分，这要求不过分吧？

托马·雷米日溜出手术室，为的是给即将进行移植手术的各个医院部门打电话，通知他们主动脉夹闭的时间——二十三点五十分，这一数据直接为即将展开的移植工作——对器官接收者的准备、器官返回、移植手术——确定了严谨的节奏。当他回到手术室，第一个提取操作在完全的静默中完成。维尔吉利奥切除了心脏：两条腔静脉、四条肺静脉、主动脉和肺动脉都已切断——切口完美无缺。心脏被从西蒙·兰博尔的体内取出。人们可以面对面地观察它，真是不可思议，可以在短暂的时间内估量它的重量和体积，试着找出它对称的形状，它的一对隆起，它漂亮的胭脂红或朱砂红，努力从中看出世界通用的爱情图案、那扑克牌上的标记、那T恤衫上的口号——I ♥ NY[①]，雕塑在王室陵墓和圣物箱上的浅浮雕，招摇撞骗的爱神厄洛斯的象征，耶稣的圣心在宗教图画上的造型——用手托起展示于世界的器官在流淌着

① “我爱纽约”，美国平面设计师米尔顿·格拉塞（Milton Giaser，1929— ）的设计作品。

血泪的同时光芒四射——或者用于在手机短信中表示无穷层次情感的任何图标。维尔吉利奥抓起它，并立刻将它塞进一只盛满半透明液体的瓶子中，那是一种保持4℃温度的心脏停搏液——为的是使器官快速降温，以便保存——在这之后，盛放心脏的容器用一只无菌安全袋保护，然后又放入第二只袋子，最后再埋入一只带小轮子保温箱内的碎冰中。

锁上保温箱，维尔吉利奥向在场的同事道别，但围在西蒙·兰博尔身体四周的人没有一个抬起头，没有一个哼一声，除了那个胸外科医生，低头看看肺脏，对着胸腔弯着腰大声答道，你可没给我留什么余量啊，你个混蛋，这时他发出了哈哈的笑声，而斯特拉斯堡的女主刀，现在则在为切除脆弱易碎的肝脏做准备，她全神贯注，仿佛即将跳上平衡木的体操女将——几乎可以想象她的双手即将插入盛放氧化镁粉末容器，然后揉搓手掌——泌尿外科医生则等待着攫取肾脏。

爱丽丝迟迟不动。她凝视着这个场景，打量着围在手术台周围的每一张面孔，手术台上的那个了无生气的身体是这个场景光明的中心——伦勃朗的《解剖学课》在她眼前闪现，她想起她父亲，一个留着鹰爪般长而弯指甲的肿瘤科医生曾在自家公寓的门厅处挂了一幅复制品，并常常用食指敲击着画作的同时惊呼：看看，这就是人！但她，这个充满幻想的小女孩，更愿意把这幅画想象成一伙集会的巫师，而不是一帮充斥她家系族谱的医生，她久久地站在这群以极其巧妙的方式分布在尸体周围的奇特人物前，他们的深黑色衣服，洁白无瑕的皱领上他们博学的头，精致繁复如华夫饼叠纹的豪华褶子，花边绦子和讲究的山羊胡，在这中间是这具惨白的尸体，这神秘的面具和胳膊上那道露出骨头和韧带的开口，被黑帽男人插入手术钳的肉体，于是除了观赏，她更会聆听这幅画作，沉迷于这画面中流露出的交流，最终了解到穿透腹膜曾经在很长一段时间都被视为对人体（上帝的作品）神圣的亵渎，明白了任何形式的知识都包含着冒犯违反的成分，于是决定“从医”，如果她真的决定了什么的话，因为她毕竟是四姐妹中最年长的一个，是父亲每周三带到医院的那个，在她十三岁生日那天他送给她一个专业听诊器，并在她耳边低语道：那些阿尔方都是蠢货，小阿尔方丫头，你会把他们全部干掉。

爱丽丝徐徐后退，她眼前的一切逐渐定格，像个立体模型景观一样变亮。忽然间，她所看到的那具平躺着的尸身已经不再是一种绝对的物质、一种人们可以使用和分享的材料，不再是一个停止的、人们剥开好保留完好零件的机械，而是一种潜力无穷的材质：一个人体，它所拥有的力量和终结，它作为人的终结——是这种激动，超过任何注入塑料桶的喷涌的血，更能让她感到眩晕。维尔吉利奥的声音从她身后远处传来，走不走？你在搞什么？快点儿！她转过身，跑到楼道里追上了他。

一个专业快运人负责将他们送到机场。他们在地面飞驰时眼睛紧盯着汽车仪表盘上时钟的数字变化，跟踪着那些起起伏伏小光柱的舞蹈，来来回回查看他们手表上的指针，他们手机屏幕上像素化的形状。一个来电呼叫，维尔吉利奥的手机亮了。我是阿尔方。它怎么样？

——完美。

他们从北侧绕过城区，取道方丹拉马雷公路，经过一些密集而不确定的形状：边缘街区，城乡接合地中的住宅区，在一条柏油环路周围开发建设的别墅群，他们穿过一个树林，仍见不到星光、飞机或飞碟的闪烁，什么也没有，司机驾车猛冲在省级公路上，远远超出限速，这是个有经验、惯于执行此类任务的司机，他直视前方，绷紧的小臂静止不动，朝连着最新一代耳机的微型麦克中窃窃私语，我来了，别睡，我来了。保温箱被固定在汽车后备箱里，爱丽丝脑海中浮现出包裹着心脏的每个密闭隔间，这些保护的薄膜，她想象这颗心便是将他们推入太空的那个马达，就像一架宇宙飞船的推进器。她转过头、欠起一侧屁股好看看椅背后面的那颗心，在昏暗中解读箱子外壁上的标签，在器官追溯信息中发现了一条奇怪的说明：用于治疗用途的人体组件或产物。紧接着下面一行是捐献者的水晶档案号。

维尔吉利奥将头仰靠在椅背上，深呼一口气，他的眼睛流连在爱丽丝的侧面轮廓上，车窗上的皮影，蓦地因她的存在而感到迷惘，用温和的口气说：你还好吗？这个问题出乎意料——一个到现在为止都如此令人生厌的家伙——收音机散播着梅西·格蕾重复吟唱的嗓音：摇摆你们的屁股，男孩和女孩，世界上有的是美好。[①] 而爱丽丝此刻只想哭——一种感动将她从内部一把抓住，摇曳着将她举起——但忍住眼泪，咬紧牙关，转过头：好，好，

---

① 原文为英文。

非常好。于是他第N次将手机从衣兜里抽出，但不是为了看时间而是在键盘上敲击着，逐渐急躁起来，网页都打不开，他咕哝着，妈的，妈的。爱丽丝壮着胆子问道，怎么了？维尔吉利奥头也不抬回答道，是球赛，我想要球赛结果，这时司机没有转头，冷冷地宣布意大利赢了，一比零。维尔吉利奥一声叫喊，在车中举起攥起的拳头，接着马上问道：是谁进的？那个家伙打开转向灯，踩下刹车，一个明亮的十字路口在他们面前设下了一个苍白的坑洞：是皮尔洛。爱丽丝呆若木鸡地凝视着维尔吉利奥全速打出一两条胜利短信，同时叨念着，太好了，然后他朝她扬起一侧眉毛，这个皮尔洛是个了不起的球员！笑容令他的整张脸憋得透不过气，而这时机场到了，大海的咆哮就在悬崖下方，他们在停机坪上推送保温箱到舷梯，又将它升入座舱，这只俄罗斯套娃般的保温箱藏匿着透明塑料安全袋，安全袋中藏匿着一个容器，容器藏匿着特制瓶子，里面藏匿着西蒙·兰博尔的心，而这颗心中藏匿着的是生命本身，一个潜在的生命，而五分钟后它将向太空飞去。

玛丽安娜没有入睡，可以想象，没服用安眠药或别的什么，疼痛令她精神恍惚，逐渐陷入一种半梦半醒的状态，她只有在这里才能挺得住。二十三点五十分时，可以看见她突然从客厅沙发上惊起——她会不会是截获了血液在主动脉停止流动的那一瞬间？她会不会凭直觉感到了这一刻？尽管公寓和医院之间的海湾绵延好几公里，某种不可捉摸的拉近赋予夜晚一种神奇的精神深度，它隐约有些骇人，仿佛磁性的线性体飞驰在一条时空裂缝中，交织出一个清醒的区域并将她连入她的孩子所在的禁区中。

极地的夜晚，浑浊的天空似乎正在散去，羊毛般的云层正在撕裂，大熊星座出现了。西蒙的心此刻正在迁徙，它在星球的表面、轨道、公路上运行，跟着这个保温箱游移，箱子微带颗粒的塑料表面在电灯的光束下闪耀着，在异乎寻常的关注下被人护送着，就像昔时被护送的那些王子的心一般，就像他们的内脏和骨骸，他们的尸身被分解后被发往四方，埋葬在大教堂、主教座堂、修道院，以保证他族系的权利、对他永福的祈祷、后世对他的怀念——可以听到马蹄在路面上回响，在村庄的土地和城市的砖石上，它们的击打缓慢而庄重，然后可以看到将流动的黑影映在树冠、房屋墙面、惊叹面孔上的那些火把的光焰，人们挤到门槛，脖子上还挂着餐巾，脱下帽子，默默地划着十字，目送这非凡的队列经过，黑色的马车由六匹戴孝的骏马牵拉，它们都披挂着珍贵的呢绒布和白色法衣，随行队伍由十二名擎着火把的骑兵组成，他们身着黑色长外套，帽檐垂下黑纱，偶尔还有行走的青年侍从和仆从举着白色大蜡烛，偶尔也有护卫队，那位流着泪的骑士带领着一众人马将这颗心送往它的陵墓，他们朝着那些教堂地下室的深处前进，朝着某个选定的修道院或死者诞生城堡的礼拜堂前进，朝着装饰着螺旋立柱的黑色大理石灵柩前进，一个圣龛上面放置着一顶熠熠生辉的皇冠，皇冠上布满了各种珍贵的纹章，一个个石质横幅上展示着拉丁文的题铭，人们常常试着透过马车窗帘之间的缝隙一窥轿车内部的情景，长条座椅上坐着执行移交的军官，他将亲手将心脏托付给那些负责照料它、为死者祈祷的人，通常是一位神甫、一个友人、一个兄弟，但昏暗的光线令人永远无法看清这个人和放在一个黑色塔夫绸垫子上的圣龛，更不用说里面的心脏，最重要成员[1]，身体之王，因为它位于胸部的中央，正如君临天下、太阳雄踞宇宙一般，这颗心被放在一层绣金的纱布中，这颗人们为之哀悼、痛惜的心。

西蒙的心脏朝着疆土上的另一个地方迁移，他的肾脏、肝脏和肺脏将抵达其他的省区，正奔向其他身体。她的儿子，作为一个统一的整体，在这分崩离析中将剩下些什么呢？如何将他独有的记忆与这衍射破碎的身体联系在一起？他在地球上将会有怎样的存在、怎样的倒影、怎样的幽灵？这些问题像滚烫的呼啦圈一

---

① 原文为拉丁文：**membrum principalissimum**。

般在她心中盘旋，然后西蒙的脸在她眼前浮现，完好无损，独一无二。他是不可战胜的，是他。她感到一种深深的宁静。夜晚在窗外炙烤着，仿佛一片石膏的荒漠。

在皮提业，人们围着克莱尔转。她被领到心脏外科的一间病房里，病房刚全面擦洗、消毒过，一层透明釉覆盖在地面和桌面上，清洁剂的气味滞留在房间里。一张过高的活动病床、一张蓝色人造革扶手椅、一张空荡荡的桌子，以及房间一角虚掩着的洗手间的门。她放下自己的包，坐到床上。她穿了一身黑——这件肩膀开口的旧套头毛衣——在房间中清晰的剪影，就像一幅速写。她的手机开始接到各种短信，她的几个儿子、她母亲、她的女友，都要来了，他们都在赶来的路上，可就是没有毛地黄男人的消息，他刚刚靠着竹篱笆蹲下，在一群流浪狗和野猪之间，在暹罗湾深处的一座村庄里。

走进病房的护士以一种淳朴的口吻，拳头撑着两胯对她宣布：好了，到了决定性的夜晚了！她头上好像罩了一顶花白发丝制成的头盔，戴着一副方形眼镜，轻微的酒糟鼻为她的面颊染上了颜色。克莱尔手心朝上耸耸肩，微笑道，对，今晚什么都可能发生[①]。护士递给她几个扁平的透明袋子，后者在顶灯下像明胶片一般反射着光亮，护士向前俯身，一个项链坠从她皮肤垂落，在空中明光一闪——这是一个银质的小桃心，上面刻着一句誓言，今

① 原文为英文。

天多于昨天但少于明天，是那种在邮购产品目录上可以看到的小首饰，克莱尔被吸引着，目光跟随着它的摆动——接着护士直起身，指着那些袋子：这些是进手术室要穿的衣服，您得在去之前换上，克莱尔看着它们心中混杂着急切和迟疑——这便是一年以来一直烦扰她的情感，是等待的另一个名字。她装着冷静的口气答道，不用等心脏到了再说吗？女护士摇摇头，看看手表，不用，两个小时后我们一拿到您的心理分析报告您就进手术室，心脏将在零点三十分左右到，您到时候必须准备就绪，移植手术将即刻进行。她走了。

克莱尔打开包，拿出自己的物品，将她的洗漱用具放在洗手间，插上手机充电器，将手机放在自己的病床上；她试着将这个地方变得更像个私人空间。打电话给她的儿子——他们正奔跑在碎石路面上，在地铁通道里，她听到他们的脚步在通道里回响，我们来了，马上就到，他们焦急地喘着粗气。他们想要安慰她，给她打气。但他们想错了：她并不害怕手术。不是这样的。令她纠结的是这颗新的心脏，是今天某人死了才令这一切成为可能，是它将要侵入她的体内并转化她、改变她——移植、嫁接的那些事，动物和植物都算上。

她在屋里来回打转。如果这是赠予，那么这得算是个异乎寻常的赠予，她想。在这一过程中，没有赠予者，没有人有意赠予，同样也没有被赠予者，因为她无法拒绝这个器官，只有接收这颗心她才能活下去，那么，这算什么？将一个还能使用的器官回收再利用，好让它继续发挥它的泵动功能？她开始脱衣服，坐到床上，脱下短靴、袜子。令她获益的这个器官以这种荒谬的偶然方式——她与今天死去这个人的血型和基因编码惊人吻合——转移的意义何在，所有这一切都变得很模糊。她不喜欢不合理的特权这种概念，好像乐透彩票，觉得自己仿佛那个在游乐场的玻璃后面被夹子从一堆杂乱的玩意儿里抓起的毛绒娃娃。最糟的是，她将永远无法说谢谢，这是问题的关键。这在技术上不可能实现，“谢谢”，这个光芒四射的词将坠落在空气中。她将永远无法以任何形式向捐赠者及其家人表达感激，甚至给予适当的回赠，好让自己从这无穷的亏欠中解脱，她被自己将永远走不出这困境的想法洞穿。脚下的地面是冰冷的，她感到恐惧，一切都在退缩。

她走近窗子。几个人影在医院的过道里急匆匆地走过，几辆汽车在楼群之间缓慢地行驶，这些大楼在夜色中重新绘制了一幅人体解剖图，一个器官接着一个器官，一种疾病接着一种疾病，它们将儿童与成人分开，又将那些母亲、老人和濒死者集中起来。她希望能在换上这件用纸编成的祭披以前拥抱一下她的儿子们，这漂浮的衣衫无法遮掩她的身体，让她感觉自己仿佛裸体站在穿堂风中，她努力不让眼睛湿润，却难以疏解她正在亲身经历一切的庞大，将手放在那里，在她的乳房之间，倾听它在药物的作用下仍显过快且总是不可预料的节奏，她高声说出它的名字：心。

在正式向她提出器官移植的时候，几个负责心理评估的医生与她进行了几个小时的对话——对她的情感关系进行分析总结，对她的社会安置水平进行评估，对她面对疲劳和焦虑的反应和面对术后治疗（将是长期而繁重的）的服从性进行了提问——却都没告诉她她的心之后会怎样。也许在某个地方有个器官报废场，她边摘掉首饰和手表边想，就像个垃圾填埋场，她的心将和别的心一起倾倒在那里，装在大垃圾袋里从医院的员工专用门排出；她想象一个用于盛放有机物的集装箱，它将在里面得到回收，化成一种模糊的状态，阿特柔斯①以极端的残忍向进入王宫时食欲强盛的对手送上的加工过的肉泥、馅饼或鞑靼肉排，用大餐盒给狗喂食的肉酱，吸引熊和海洋哺乳动物的饵料——这些海洋动物或许在食人后会变身，它们的鳞片会覆盖上跟她一般无二的金发，或许它们会长出长而卷曲的睫毛。

有人敲门，没等回答就直接走进病房，是埃曼纽尔·阿尔方。他站在她面前，向她宣布那颗心脏将在二十三点左右提取，器官的各项指标都非常完美，然后他沉默下来，观察她：您想要跟我谈谈？她坐到床上，蜷起背，双手平放在床垫上，脚踝交叉，她的脚美丽动人，趾甲上都涂着鲜红色的指甲油，在这无色的房间里就像毛地黄的花瓣一般光艳夺目，我有几个问题，是关于捐献者的，阿尔方摇摇头，看上去他在想，她过分了，她知道答案。这个问题我们已经谈过了。但克莱尔坚持着，她的金发在脸颊周围形成小卷，我想要能够记着他。她令人信服地继续道：比如，这颗心不是巴黎的，它是从哪儿来的？阿尔方凝视着她，皱起眉头，她怎么知道的？接着认可道：滨海塞纳省。克莱尔闭上眼睛，

---

① 阿特柔斯，是希腊神话中珀罗普斯和希波达弥亚的儿子，堤厄斯忒斯的哥哥，迈锡尼国王。为了报复弟弟堤厄斯忒斯企图抢夺王位并勾引其妻子，他邀请堤厄斯忒斯赴宴并将后者儿子的肉做成食物给他吃。

加快速度：男性还是女性[1]？阿尔方接着回答，男性[2]；他走到通往楼道的门前，她听见他正在离开，睁开双眼，请等一下，他的年龄，求求你[3]。但阿尔方已经消失不见了。

她的三个儿子陆续都到了，脸色不好，老大紧张焦虑，紧抓着她的手不放；老二在房间里来回踱步，重复念叨着，一切都会顺利的；小儿子给她带来了一包心形的糖块。阿尔方是顶尖高手，是这个领域最好的，每年做七十例心脏移植手术，他的团队也是最好的，你在他们手里是安全的，他用颤抖的小声对她说道。她机械地点点头，没仔细听他说却只是看着他的脸，我知道，别担心。更棘手的是她母亲，不停地哭哭啼啼，说着生活太不公平了，要轮也应该轮到她——意味着她先死，或者至少她先有生命危险，是更自然更合理的——克莱尔不耐烦了，可我又不是去死，我可完全没打算去死，几个男孩子气急败坏，对他们的外婆大吼“你现在住口”，一群人吵闹得很。那个女护士回到病房，手指敲打着手表表盘，让他们快点结束，一切就绪，您得开始准备了。克莱尔亲吻了她的儿子们，轻柔抚摸他们的脸，对每个人低声说道，明天见，亲爱的。

不久之后，她赤裸着走进淋浴室，长久地用聚维酮碘清洗，将全身洒满黄色的药水，并使劲磨搓。一擦干，她就换上那无菌

---

① 原文为英文。
② 原文为英文。
③ 原文为英文。

祭拔，然后重新开始等待。

将近二十二点，麻醉师走进病房，还好吗？这是一个高个子女人，窄肩窄胯，天鹅的脖子，苍白的微笑，她冰凉颀长的手在递给她第一种药时轻拂过她的手——这能让您放松——克莱尔躺到床上，尽管从没这样兴奋，却还是感到一波疲惫袭来。一个小时后，手术室的担架员来到房间里，抓住她的床把手，您将在手术台上手术，我们随后再把您推回来，接着他一言不发把她推走了。他们在楼道里行进了数米，她不知道该将目光投向何处，看着一连串无聊的天花板在眼前经过，绵延曲折的电线如水蛇一般。她的心随着他们穿过隔离间的密码锁门、进入手术区而加速跳跃。空间进一步隔绝，接着她被运送到一个小房间，她在那里等待。会有人来接您的。时间在稀释，快到午夜了。

在手术室内，麻醉师确认监测病人生命指标的各个设备都已安置到位：跟踪心脏状况的电极，可在屏幕上持续读取血压的导管，还有夹在手指尖上以便监控血液含氧量的仪器。她放好输液装置，将半透明的液体袋吊起，检查开关——完美执行的简单动作，是三十年的专业实践模式化的结果——好了，这边一切就绪，大家都到了吧？但人其实还没到齐，组员还在更衣室做准备，他们套上天蓝色衬衣衬裤、短袖大褂和长袖外套，每个人都至少戴上两层发套以完全盖住头发，还有两只口罩。随时补充以便更换的一双双无菌拖鞋、鞋套、手套。他们用大量清水冲洗手臂，小臂上涂满消毒液一直到肘部，搓洗指甲，一次，两次，三次。然后进入手术室。轮廓不清的形体各就各位、调节仪器，但如果面容在这里消失不见了，却依然可以分辨他们的姿态、身高、活动方式、体型、举手投足，以及在这个封闭的空间缔造出另一种语言的眼神。这里有一位手术室实习医生作为输液师，两名手术室护士和两名麻醉师——阿尔方已经与这对老朋友一同工作三十年了，他的第一例心脏移植就是与她们完成的。

他现在走进手术室，像是要开始赛跑一般。他身着一条从前面穿入、后背系带、将他包裹起来的围裙套服，一边的袖子用一个环扣挂在大拇指上——那垂到小腿中部的长度让人联想起令臀部显窄的屠户围裙。他走到克莱尔身边对她最后说句话：那颗心脏三十分钟以后到，它真的棒极了，简直就像是为您打造的一样，你们两个会相处融洽的。克莱尔笑了笑：可您还是得等到它到了手术室再把我的心取出来吧？阿尔方惊讶地说：您是在开玩笑吧？

对克莱尔实施麻醉了。很快，她的眼皮下就呈现出一些图案，形状柔软、色调温暖的塑料喷发，各种平面的无穷变形，细胞和纤维的万花筒展示，与此同时，护士让她的头和身体消失在大片黄色塑料纸下，上面再盖上手术野：只留有一块可见的皮肤，在无影灯的光束下清晰而令人感动，要挖掘的就是这个区域。阿尔方做出了初始动作，他在她的胸部用一只无菌笔划出随后要切开的轨迹线，标出小开口的精确位置——他们将由此把一个摄像系统的导管插入体内。接着，一直听着手术室电话的麻醉师宣布：行了，他们到了。

另一个手术室在夜幕下的海湾，但这一个却是一种人去楼空的氛围，各小组返回的顺序与移植器官的准备顺序相反，最后留在西蒙·兰博尔身边的是提取了肾脏的泌尿科医生，还是他们。他们负责恢复尸体外观的完整。

托马·雷米日也在，他的脸散发着疲惫的光芒，面颊扁平，尽管眼前开启的是不同的时间，向程序终结延展的时间，在一种更加徐缓、质地更软的节奏中稀释的时间，他却强调着自己的存在。他的每个动作，即便是最难以察觉的，都表达着，不，还没完，不，还没结束的意念。当然，一次次把头探到外科医生和护士的肩膀上方，一次次提醒他们下一步要完成的操作，不免让他们恼火。但现在要放弃，要漏掉一两针，将最后的护理敷衍了事，把这件事打发掉，实在是太容易了，说到底这能改变什么呢？托马在沉默中对抗着整体的疲劳，或结束的匆忙，他丝毫不放松：器官提取工作的这一阶段，对捐献者遗体的复原，是不能被忽视的，这是一种修补；现在是修补的时候了，修补破损。恢复捐献者捐献时的样子。否则，就是野蛮。他身边的人们眼睛上翻，叹着气：别担心，你以为会怎样，我们不会草草了事的，该做的都会做到位。

西蒙·兰博尔的身体是空的，他某些部位的皮肤仿佛从里吸了进去。这萎缩的外貌并不是他进入手术室的样子，它在高声斥责所遭受的损毁，它不符合对西蒙父母做出的承诺。得填充。医护人员迅速用织物和敷料纱布制作了一种垫子，简易的填塞物，要尽量根据取出的器官塑形并放到器官缺失的位置。那些手都在忙活着，所展现的动作的确是修补的动作：为的是让西蒙·兰博尔恢复本来的面貌，好让他变回自己，而他的这一形象，将留存在明早在太平间再次见到他的那些人的记忆中，为的是让他们认出他生前的样子。

现在他们将尸体关闭——与它自己的空无、它自己的沉寂关闭在一起。包缝的缝合——一条线缝到底，两头打结——将是细密、讲究的，医师的针纤细而精准，划出一条平直的虚线，令人惊奇的是，缝纫，这自从旧石器时代的有孔针开始沉淀在人类记忆中的古老动作竟能回到手术室里，并在如此高科技含量的操作中找到一个终结的位置。事实上，外科医生完全凭直觉、在毫无意识的动作中进行着，他的手在伤口上方均匀地绕出相同而短小的环形，以便系缚、封闭。在他对面，年轻的实习医生继续观察、学习——他也是第一次参加多器官提取，或许他会想要动手缝合，或许他也想碰触捐献者的身体好融入到这集体操作中来，但手术的密度已经令他的知觉饱和了，出于疲劳或紧张，一些黑蝴蝶在他的视野中飞来飞去，他变得僵硬，对自己说在鲜血注入桶中的时候自己没有瘫软，这已经很好了，重点是能够站立不倒，坚持到最后一刻。

凌晨一点三十分，泌尿科医生放下他们的器具，抬起头，舒口气，拽下口罩，离开了手术室；他们带走了肾脏。剩下托马·雷米日和考尔德莉亚·乌尔，后者似乎在残余张力的支撑下坚持站立，她已经将近四十小时没有睡觉了，她感觉如果此刻刹停她就会摔倒，当场垮塌。她开始了收尾工作。清点器械，填写标签，在打印的表格上记录数字，标注时间，用机器人的严谨完成的这些行政手续给她留出了胡思乱想的自由空间，让她的大脑可以闪回一些交织重叠的影像，串联着人体的碎块、言语的片段、场所的枝节——医院楼道通向一个散发着美妙恶臭的拱顶过道，发缕在打火机的火焰上抖动，橙色路灯在她情人的眼中竖直起伏，绿色头发的美人鱼在一辆面包车的车身上摇摆。她的手机终于在夜间震动起来——多孔的连续体，上面映出西蒙·兰博尔的脸，她这天下午护理过他，她曾凝视、抚摸过这张脸，而这个身体上散布着棕色吮痕——雪豹皮肤——的姑娘猛然想到她如何才能滗析所有这些时间，好让她能够滤掉暴力，厘清含义——我刚刚都经历了些什么呀？她的视线有些模糊，看看表，拽下口罩，我得上去到科室待一会，实习护士就一个人，我马上回来。托马没看她一眼就同意道，好，我来收尾，你去忙你的。考尔德莉亚的脚步渐渐远去，手术室的门又关上了。现在就托马一个人了。他清扫着地面，缓慢地环视四周，所看见的一切令他打个寒噤：这里一片狼藉，设备和电线杂乱无章，各种显示屏方向错置，使用过的器械和污秽的衣物堆放在瓷砖台上，手术台肮脏，地面溅有血迹。任何一个碰巧把头探到这里的人都会在冷光下眨眨眼，然后大脑中形成一幅厮杀过后的战场画面，一幅冲突和暴力的画面——托马打个冷战，然后着手工作。

西蒙·兰博尔的身体此刻已经变成了一具遗骸。是生命离去后剩下的，死亡放置在战场上的东西。这是一个被蹂躏过的身体。底座，骨架，皮。男孩的皮肤逐渐呈现出象牙色，似乎在变硬，浸没在无影灯投下的冷光中，它仿佛正慢慢变成一具干壳，一块龟板，一副铠甲，而横贯腹部的伤疤令人想到致命的一击——耶稣肋下的那一枪，武士的剑击，骑士的利刃。然而，是否是那缝纫的动作唤起了古希腊游吟诗人的歌，是否是西蒙的容貌，他那源自海浪的少年英俊，他那仍然沾满海盐、如尤利西斯的同伴们一般的发卷让托马感到迷惑，抑或是他那十字形的伤口，但托马开始吟唱。那是一种细微的歌声，与他共处一室的人也几乎听不到，但那是一种与遗体化妆动作同步的歌声，一种陪伴与描述的歌声，一种可以安放的歌声。

在被送到太平间以前尸体化妆所需的用具都放在一辆小推车上。托马将一次性围裙围在褂子外面，戴上了一次性手套，准备了一叠毛巾——也是一次性的，每次一条，给西蒙·兰博尔擦拭——以及软纤维的敷料和一只黄色垃圾袋。他首先用一只干的纱布眼垫将男孩的眼睛闭合，接着，为了闭拢他的嘴，托马卷出两个布卷，一个放在头枕部下方好让颈椎弯曲，另一个在前胸上竖直支撑下巴。然后，他将侵犯尸身的所有东西，这些线和管子，输液和导尿，全都拆掉，他除去所有穿透它、缠绕它、遮挡它的一切，他让它得到解放，而这时西蒙的尸身在灯光中，忽然显得比赤裸还要赤裸：一个从人类共同体中被弹射出去的人体，在黏稠的夜晚中、在荒谬的无形宇宙中游离的令人不安的物质，但托马的歌声赋予这一实体一个新的存在，一个新的归属。因为这个被生命爆裂的尸身在清洗它的手中、在歌声的喘息中找回了它的完整性；这个经受过非同寻常遭遇的尸身现在可以回到共同的死亡中去了，回到人类的同伴中去了。它变成了一个赞颂的对象，它被人美化着。

托马清洗着尸身，他的动作平缓舒展，他歌唱的嗓音借助尸体的支持而不退缩，脱离了语言而愈发清澈，超越地球的句法，在宇宙中的这个生死交错的地点就位：它吸气、呼气，吸气、呼气，吸气、呼气；它陪伴着最后一次探访尸身起伏外形的那只手，识别出每个褶皱和每块皮肤，包括肩膀处的那片刺青，这墨绿色的旋涡花纹，那个夏天西蒙将它印在自己肉体上时对自己说，他的身体是属于他自己的，他的身体所表达的是他自己的属性。托马现在按压导管刺入表皮后留下的穿刺孔，他像给婴儿一般给男孩穿上衣服，他甚至重新给他梳理头发好让他的面容焕发光彩。歌声在手术室更加响亮了，托马将遗体包裹在一条洁白无瑕的床单里——这条床单随后将在头和脚部系紧——看着他工作，人们会联想到为决意战死沙场的古希腊英雄举行的完整保留他俊美容貌的葬礼，这一特殊的遗容处理为的是重建他们的形象，好在人们的记忆中为他们保留一个位置。好让那些城邦、家族、诗人歌唱他们的名字，纪念他们的生平。这是美好的死亡，这是一首美好死亡之歌。并非宗教升华或牺牲奉献曲，亦非对如云雾回旋升天的死者灵魂的吹捧，而是一种塑像：它重建西蒙·兰博尔的独一性。它令这个青年手臂夹着一块冲浪板从沙堆后涌现，它令他与他的同伴们迎着海岸线跑去，它令他为一句辱骂而战，弹跳着朝面部出拳，紧握着防守的那只手，它令他在演唱会的台下蹦跶，像个疯子似的摇摆舞蹈，又趴在他的小床上呼呼大睡，它令他牵着露的手打转——小腿肚在地板上方盘旋，它令他午夜坐在母亲对面，在厨房里听着她边抽烟边讲他父亲的事情，它令他脱掉朱丽叶的衣服，向她伸出一只手好让她从沙滩岩壁跃下时不害怕，它将他送入一个死后的、死亡无法到达的空间，一个不朽荣光的所在，一个神话传说的领地，一个诗歌与文学的疆域。

考尔德莉亚一小时后再次出现。她在科室走了一圈，推开那些门，在麻醉苏醒室巡视一周，检查了各个病房内的生命参数、电动注射器的流量和排尿量，她朝睡在那里的生命俯下身，朝偶尔因痛苦而扭曲的面容弯下腰，她查看了他们的姿势，听了听他们的呼吸，然后她又下楼去找托马。她惊讶地发现他在唱歌，还没看到他就先听到了他的声音，因为此刻他嗓音洪亮，迷惘的她呆立在那里，后背贴着手术室的门，两手侧垂，头向后仰，她倾听着。

过了一会儿，托马抬起眼睛。你来得正好。考尔德莉亚走近手术台。白色被单已经提到了西蒙的胸部，它衬托着他的面容、皮肤的纹理、透明的软骨、嘴唇的轮廓。他美吗？托马问考尔德莉亚；美，很美，她答道。然后他们强烈地对视了一下，便一同抬起尸体，这尸体尽管经历了那一切却仍然很重，他俩分别站到尸体的一头，将它平移到一张担架床上，用裹尸布包起，随后给殡仪馆的工作人员打了电话。明天一早，西蒙·兰博尔将被交还给他的家人，交还给西恩和玛丽安娜，交还给朱丽叶和露，交还给他的亲朋，他将被完整地交还给他们。

飞机于零点五十分降落在勒布尔热。时间进入冲刺阶段。物流协调十分完美，一辆汽车在等待他们。这不是一辆出租车，而是一辆专门执行此类任务的汽车，温度调节到最佳——车门上标示着“优先让行，器官捐献”的文字。车内笼罩着某种深沉的宁静：如果可以轻易察觉到这里的紧张气氛，却丝毫看不到电视专题片中为颂扬器官移植者与英雄的传递链而刻意设计的急迫痕迹，丝毫看不到与屏幕一角红色计时器配合的歇斯底里的作态，丝毫看不到旋闪警灯或戴着白头盔脚踩黑皮靴的摩托队竖着拇指、表情淡定、下颌紧闭、大张旗鼓开道的情景。程序进展顺利，一切都在掌控之中，当前高速路的交通清晰流畅，这个星期天夜晚的周末返城车流已经稀释：在他们面前，巴黎矗立在微粒灯光的穹顶中。他们经过加洛诺尔①时一通手术室的电话打了过来：病人已经进入手术室，我们开始准备工作了，你们在哪儿？我们离小教堂区还有十分钟。我们在计划时间之内，维尔吉利奥低声说，他看看爱丽丝，她那夜鸮般的面部侧影——凹陷的前额、鹰钩鼻子、丝亮柔滑的皮肤——摆放在她白色大衣的毛领上，这女孩的确有张阿尔方家的脸，他想。

到法兰西体育场附近，堵车了。妈的。维尔吉利奥挺直身体，

① 加洛诺尔（Garonor），指位于巴黎市与戴高乐机场之间的工商业园区。

立刻紧张起来。那些人还在这儿搞什么呢？司机保持镇定。是球赛，那些人不想回家。拥堵的车流中混合着大量车窗打开的汽车，里面尽是些沉醉在胜利喜悦中的小伙子，神气活现地在寒冷中招摇着用小棍支起的意大利国旗，此外还有不同的球迷协会租用的大巴，以及长途冷藏卡车被困在这欣喜若狂的沼泽中。听到前方有撞车的消息，爱丽丝叫了一声，维尔吉利奥全身又绷紧了。一厘米接着一厘米，司机努力扩大车身之间的缝隙，好让自己的车挤过去，开上应急车道，他以低速行驶了大约一公里，经过了事故结节，此后便畅通无阻，强劲加速，安全护栏上间隔排列的反光灯此刻已经变成夜色中的一条长长的光带。在小教堂区又是一次堵车。咱们上环路吧。市区的边缘在东侧散列着多个入口，从欧贝维列门到贝尔西门，沿着这条绵延的弧线抵达端点，再向右直插，潜入市区，接着便是塞纳河的大小码头、图书馆塔楼①，然后一个左拐，他们开上了樊尚·奥里奥尔大道，在骑士街区刹停，驶入医疗中心围墙，在这里，汽车停在了楼群前——三十二分钟，不赖，维尔吉利奥微笑道。

在手术室，他们现身时几乎没有人抬头，他们一同将宝物送到了手术台边，犹如将某个战利品送到主人的脚边。他们的到来不会打断正在进行中的操作或令人们分心，因为在这里，手术已经开始了。几乎没有人迎接已经身着无菌工作服、胳膊清洗干净、双手消过毒的他们——现在维尔吉利奥能在爱丽丝身上看到的只

① 这里指法国国家图书馆位于巴黎第十三区、塞纳河左岸的密特朗馆址。

有那双奇特、迟缓、黏稠的眼睛，眼中凝结着散乱的黄色，荨麻酒和蜂蜜，烟熏黄玉。阿尔方最后还是向他们喊道：怎么样，整个过程还顺利吗？维尔吉利奥也以同样轻松的口吻答道：顺利，就是回程遇到个撞车事故。

心脏被放在手术台旁边的一只金属盆里。爱丽丝爬上手术台尾端的一个小平台上，她将由此观察移植手术，她的腿在登上台阶时有些发软，而维尔吉利奥则走到手术实习医生一直占据的位置，就差将他手中的器械接过来了，他全身上下都散发着置身这里的意愿，在三盏无影灯之下，胸腔之上，面对着阿尔方。现在，他们开始一同工作。

赫然看到克莱尔的心脏，阿尔方吹了声口哨惊呼道，这颗心状态可实在欠佳，很高兴能把它换掉，在他四周，人们都微笑着表示同意——令人惊讶的是，他在耍宝作秀活跃手术室气氛的同时却对他团队的每个成员身上施加着可怕的压力，他眼观六路，就连脑袋后面也不漏掉，但手术室的确是他拥有存在感的唯一空间，只有在这里他才能表达自我，表达他对自己工作那祖传的热情，他近乎偏执的严谨，他对人的信任，他的狂妄自大，他对能力的渴望；正是在这里他能够召唤自己的族谱，一个接一个回想起那些科学创建了器官移植方法的人，那些最早的移植者，那些先锋，一九六七年克里斯蒂安·巴纳德在开普敦，一九六八年诺曼·沙姆维在斯坦福，同年还有克里斯蒂安·卡布洛在这里，在皮提业—萨尔佩特里埃尔医院，这些发明了器官移植的人，先在脑子里设计构建、将每一步组合并分解数百次后再付诸实践的人，这些六十年代的人物，彪悍的工作狂，领袖气质的明星，争夺甚至窃取媒体头条桂冠的竞争对手，绯闻不断的多情浪子，身边簇拥着足蹬马靴、身着玛丽官①迷你裙、画着崔姬②妆容的女郎，勇气非凡的独裁者，一些满载荣誉却丧心病狂的家伙。

首先要处理的是将血液输入输出心脏的那些血管。静脉被一条接一条地切断、封堵、加工——阿尔方和维尔吉利奥快速进行，但似乎速度是这一动作的支持，因为他们的手一旦放缓便可能颤抖——接下来，是惊人的一幕，心脏被取出体外，开启血液体外循环：一部机器将在两个小时内替代克莱尔的心脏，一部复制它体内血液循环的机器。这一刻，阿尔方请全体静默，他用一把手术刀轻敲在一根金属管上，然后透过他的口罩诵出手术这一阶段那句仪式性的话：关于动物心脏与血液运动的解剖研究③——作为对威廉·哈维的致敬，历史上首位（于1628年）描写出人体血液循环完整系统的医生，他在当时就将心脏确定为一部发挥液压功能的泵，一块以其跳跃和脉动保证持续血流的肌肉。手术室中，手不停工，每个人都答道：阿门！

输液师对这奇异的仪式感到十分困惑。他不懂拉丁文，自问这是在干什么。这是一位睫毛翘起的年轻护士，二十五六岁，是这里唯一一个从没与阿尔方一起工作过的人。他坐在一张高脚凳

---

① 玛丽官（Mary Quant，1934—　），又译玛丽·奎恩特，英国服装设计师，被誉为迷你裙之母。

② 崔姬（Twiggy），英国20世纪60年代红极一时的名模。

③ 原文为拉丁文。《关于动物心脏与血液运动的解剖研究》，简称《心血运动论》，是英国生理学家、胚胎学家威廉·哈维于1628年公开发表的著作。

上，面对着他的仪器，就像一位面对着电唱机的DJ，这里的任何人都没有他更适合待在从一个个大黑匣子接出的杂乱管线之中。经过过滤、氧化的血液在错综复杂的透明细管中流动着，贴纸上的颜色编码标示着它们的流向。屏幕上，心电图是平直的，体温显示为32℃，但克莱尔却活着。几位麻醉师交替监察着生命参数和麻醉剂的摄入状况。手术可以继续。

这时维尔吉利奥弯腰拾起容器中的心脏。保护心脏各个腔室的结扎线被喷上了消毒液，随后都被解开；接着，他将器官从盆中取出，用双手抓起，放入了胸腔底部。一直站在金属台上的爱丽丝此刻踮起脚尖，目不转睛，震撼痴迷，探出下巴好把那个身体内所发生的一切看得更清楚些而险些失去平衡——不是只有她这样抻着脖子，站到阿尔方旁边的手术室实习医生也尽量靠近，他大汗淋漓以至于眼镜从鼻梁上滑下，差点儿掉落，他在最后一秒后退，将眼镜推上去，却撞到了一个输液瓶，请小心点儿，麻醉师用生硬的口吻对他说，接着递给他一块敷料。

手术医生现在开始了一项冗长的缝纫工作：他们努力从下向上重新连接心脏，在四个点上将其固定——接收者的左心房与捐献者心脏左心房的补充部分缝合，右心房同理；接收者的肺动脉连入捐献者右心室的出口，主动脉连入捐献者左心室的出口。每隔一会儿，维尔吉利奥就按摩心脏，他用两只手扭动着它，这时他的手腕消失在克莱尔的体内。

当前某种稀松平常的气氛在手术室中蔓延，只言片语的对话逐渐膨胀，偶尔还有些嘈杂，都是些手术室的玩笑，内行之间的调侃。阿尔方向维尔吉利奥询问球赛的情况，言语中混合的高傲和佯装的默契令意大利人有些恼火：怎么样，维尔吉利奥，你对意大利队的策略有什么见解？你觉得这种打法能让比赛更精彩吗？而年轻人则简要地答道，皮尔洛是个伟大的球员。手术病人的身体处于低温状态，但此时的手术室却有些热，有人擦拭着医师们的额头、太阳穴和嘴唇，不时帮他们更换衣服和手套——护士拆开口袋，然后将防护的服装反面平展在他们面前。其中所消耗的人体能量，以及机体的紧张和动作的活力——这动作等同于对生命的转移——所产生出的只有这不断弥漫、升腾到手术室上空的湿气。

缝合的工作终于结束了。他们排空植入的器官，清除里面的空气以预防气泡回流到克莱尔的大脑：心脏现在可以接收血液了。

手术台周围的紧张度急速飙高，阿尔方宣布：好了，可以充血了。就是现在。血液以毫升充入，流量控制要十分严谨，任何过猛的操作都可能对植入器官造成无法恢复的变形——护士都屏住呼吸，麻醉师们全神贯注，输液师也在冒汗，而爱丽丝则镇定地站在那里。房间里没有任何人活动，一种致密的沉默笼罩着手术台，与此同时心脏缓缓地被灌入血液。终于，这电感的时刻到来了。维尔吉利奥拿起电极板，向阿尔方递过去，电极板在空中停留了二人对视的片刻，接着，阿尔方对维尔吉利奥扬了扬下巴，你来，上吧——就在这时，维尔吉利奥也许拾起了他所知道的一切祈祷和迷信，他也许恳求上苍，或者相反，他回想起刚刚完成的所有工作，行动的总和、词语的总和，所有空间和情感的总和——他将两个电极板小心地贴在心脏的两侧，朝心电图屏幕瞟了一眼。放电吗？放！心脏受到了电击，整个世界都在克莱尔现在的这颗心上凝滞了。器官微弱地颤抖，两三下跳动，然后就静止了。维尔吉利奥吞口唾液，阿尔方双手平放在手术台床边，爱丽丝的脸色如此苍白，麻醉师怕她昏倒，于是拉着她的胳膊好让她走下平台。第二次尝试。放电吗？

——放！

这时，心脏收缩，打了个哆嗦，随之而来的是一阵难以察觉的震颤，但如果靠近些可以看到这些细微的跳动，器官逐渐开始重新将血液泵送到身体各处，它进入了自己的角色，接着是规则的脉动，出奇的快，并即刻形成节奏，而这种击打就好像胚胎心脏的击打，是首次超声检查可以听到的颤跃，此刻响起的的确是这初始的击打声，是昭示着黎明的那第一声击打。

克莱尔，她是否在她麻醉的睡梦中听见了托马·雷米日的歌声，这首美好死亡之歌？她在凌晨四点的夜色中、在收到西蒙·兰博尔的心脏时是否听见了托马的嗓音？体外辅助循环继续在她身上持续了半个小时，然后她也被缝合了，带齿条的手动旋转牵拉器松开了人体组织，取而代之以精细的刺绣式缝合，她被留在手术室观察，四周环绕的是描绘着她心脏光波曲线的黑色屏幕，与此同时她的身体在恢复；与此同时人们整理着这乱得疯狂的房间；与此同时他们清点着器械和敷料，除去血迹；与此同时手术队解散，每个人都脱去手术服换上自己的衣服，用凉水冲把脸，清洗双手，然后走出医院的院墙去赶第一班地铁；与此同时爱丽丝的脸上又有了血色，几乎露出微笑，而阿尔方对她耳语道，怎么样，小阿尔方丫头，你对此作何感想？与此同时维尔吉利奥摘下发套，拉下口罩，决定邀她一起去蒙帕纳斯喝杯啤酒，再点上一盘炸薯条和一份带血的牛排，好延续这手术室的氛围；与此同时她重新穿上那件白色大衣，他抚摸着那皮草衣领；与此同时灌木林终于被照亮了，苔藓渐渐变蓝，金翅雀唱起歌来，毛地黄紫色的夜幕中这场大型冲浪刚刚结束。现在五点四十九分。